iHuman

成
为
更
好
的
人

PASCAL QUIGNARD
Terrasse à Rome

罗马阳台

[法] 帕斯卡·基尼亚尔 —— 著

余中先 —— 译

GUANGXI NORMAL UNIVERSITY PRESS

广西师范大学出版社

· 桂林 ·

罗马阳台
LUOMA YANGTAI

Terrasse à Rome par Pascal Quignard © Éditions Gallimard, 2000
著作权合同登记号桂图登字：20-2019-129 号

图书在版编目（CIP）数据

罗马阳台 /（法）帕斯卡·基尼亚尔著；余中先译. —
桂林：广西师范大学出版社，2019.10（2021.3 重印）
　（罗马阳台 世间的每一个清晨）
ISBN 978-7-5598-1962-8

Ⅰ.①罗… Ⅱ.①帕…②余… Ⅲ.①中篇小说－法
国－现代 Ⅳ.①I565.45

中国版本图书馆 CIP 数据核字（2019）第 144169 号

广西师范大学出版社出版发行

（广西桂林市五里店路 9 号　　邮政编码：541004）

（网址：http://www.bbtpress.com）

出版人：黄轩庄

全国新华书店经销

深圳市精彩印联合印务有限公司印刷

（深圳市光明新区白花洞第一工业区精雅科技园　　邮政编码：518108）

开本：787 mm × 1 092 mm　　1/32

印张：7.375　　　　字数：124 千字

2019 年 10 月第 1 版　　　2021 年 3 月第 2 次印刷

定价：45.00 元（全两册）

第一章

　　莫姆对他们说："我1617年生于巴黎。我曾当学徒，在巴黎的福兰家。在图卢兹城里人称宗教改革派分子的吕伊家。在布鲁日的海姆克斯家。在布鲁日之后，我便独自一人生活。在布鲁日，我爱上了一个女子，我的脸被彻底烧坏了。两年期间，我把一张丑八怪的脸藏在意大利拉韦洛城[1]之上的悬崖中。绝望的人们生活在角落。所有爱恋中的人生活在角落。所有阅读书本的人生活在角落。绝望的人们挂在空间中生活，就像那画在墙上的图像，不喘气，不讲话，也不聆听任何人说话。高踞于萨莱诺海湾之上的悬崖，是一道面临大海的墙。除了她，我再也没有在任何女人身上找到过快乐。我缺少的并不是这一快乐。而是她。因此我毕生都在画着同一个身体，画我一直梦见的她

1　拉韦洛城在意大利南部，在萨莱诺海湾之上。

那作拥吻状的动作。我在图卢兹工作时受其保护的纸牌制造商们，把那些游戏用的纸牌叫作小说纸牌，其中的大牌上都是小说人物的画像。画着圣经故事中先知或者罗马历史中将军图像的纸牌，叫作古代纸牌。显示我们人是如何被做出来的场面的纸牌，叫作色情纸牌。现在我生活在罗马，我镌刻那些宗教画面，还有那些令人震惊的纸牌。它们在朱丽亚街上挂着黑色十字架店招的版画店中有售。"

第二章

1639年，雅各布·维特·雅各伯兹，布鲁日城的金银匠，被任命为当年的民选法官。他有一个女儿，生来乖巧又美丽。她一头金发，皮肤洁白，身材高挑，肩背微弓，腰肢纤细，双手小巧，胸脯饱满，沉默寡言。年轻的镌版匠莫姆在金银匠们节庆日的游行队伍中见过她。他二十一岁。他已经结束了在图卢兹城中人称宗教改革派分子的吕伊家的学徒生涯。莫姆由埃拉尔·勒·讷弗陪同从吕内维尔而来，后者随后离开了他，去了马延斯。

她的美让他颇感心中空落。

她苗条高挑的外表吸引了他。

因此他情不自禁稀里糊涂地追起她来。

而她，她对此心如明镜，毫不糊涂。莫姆撞上了她落在他身上的目光。落在他身上的这一道目光，整整一辈子，都鲜灵灵地活在他的心中。他马上去问他干活那家的师傅，是不是可以把他介绍到她那里去。他的师傅，当时已经很有名了（他就是让·海姆克斯），连一句问话都没有问，就同意帮他这个忙。他们前去拜会她。她抬起了眼皮。她微微鞠了一躬，回答了他们的问候。但是他们之间没说一句话。只有他们的姓名彼此得到了交换。从这一刻起，他便在这个自由市[1]中到处窥伺她。无论她去哪里望弥撒，每一次他必定在场。他寻找种种借口参加城市的种种典礼。他前往所有的集市。他出席布鲁日法院组织的所有集体舞会，以及所有的庆祝活动。

而她，她也在寻觅他的踪影。她看到他躲藏在运河上桥梁的护栏后。在广场上喷泉水池的石头井栏后。她看到他把自己的影子混淆在门廊那黑色的影子中，在教堂廊柱投射下的更为狭窄、更为昏黄的影子中。他那总能瞥见的在场，每一次都让她的内心充满幸福。一碰上他的目光，她就立即垂下眼皮。有时候，她表现得甚为奇特，她弯腰弓背，脸色苍白，难以被人觉察地躲在隐蔽的角落，甚至在大白天也是如此。

他买通了她的婢女。或者，情况正好相反，是婢女奉命先来找的他。这一点十分重要，但没有人知晓内情。反

正到最后他们终于单独会面了。

那是在一个小巧玲珑的边侧礼拜堂里。在一个冷冰冰的角落中。在布鲁日的大医院的院内。天气很冷。他们蜷缩在承重墙的褐色阴影中。婢女为他们放哨。镌版学徒找不到适合的话来对民选法官的独生女儿说。于是他用手指头腼腆地碰了碰她的胳膊。她把她的手滑到了他的双手中。她把她那只鲜嫩的手给了他的双手。就这样，再没有别的了。他握住了她的手。他们的手变得温暖了，然后，变得滚烫了。他们什么话都不说。她俯首帖耳。然后，她直瞪瞪地瞧着他。她睁大了双眼，细细地打量着他。他们彼此碰撞在这道目光中。她冲他莞尔一笑。他们分手离去。

这位年轻的女郎从来都不说话。那是1639年春天。她十八岁。她婀娜的身姿中透着一丝腼腆，使她看起来仿佛有些驼背。她有一段长长的脖子。她总是穿一身古板的灰色衣服。莫姆知道，她已经许配给了在她父亲那里工作的那个街道办事员，他还是让·海姆克斯的一个朋友的儿子。从此之后，她便拒绝跟他来往。她甚至不愿意当着她要嫁的那个人的面吃饭。她特别喜欢独自一人用餐，在床上，在床架的帷幔后面，她的婢女则等候在门后，这样，没有任何人撞见她把食物送进嘴里。她不断地等着莫姆，夜以继日。她梦见她跟莫姆一起就餐，就在她的床上。独自跟莫姆一起，在她那张床上紧闭的帷幔的影子里。

第三章

莫姆说："第二次约会时，我跟随着一条通道中插在一个铜杯子上的一根小蜡烛。"

莫姆还说："每个人都跟随着黑咕隆咚的夜的碎屑。

"一粒葡萄种子膨胀，绽开。

"夏初，所有的意大利李子都熟透得开裂。

"当童年终结时，哪一个男人不恋爱？"

她说："我不知道。"

莫姆，让·海姆克斯的徒弟，跟随着火焰，跟随着蜡烛杯和玫瑰色的手指头，跟随着婢女，跟随着被烛光映照着的肩膀，跟随着通道中皮革的墙。他第一次替布鲁日市民选法官的女儿脱下衣服，就在这位维特·雅各伯兹的家里。这是一栋普通市民的房屋，面朝着运河。他们把蜡烛放在离他们尽可能远的地方。在蜡烛的微光下，他们的尴尬彼此相似，然后，他们的大胆半斤八两，他们的裸体完全彻底，他们的快乐妙不可言，他们的饥饿也几乎立即再生。在他离开之后的那个钟头里，年轻女郎的胃口越来越大。在接下来的几天中，当她见到镌版匠时，她甚至敢做出她睡着时心中已经表演过不止一遍的所有动作。当她看不见他时，当她独自一人时，她被欲望煎熬得面色苍白。她说她的乳房让她难受。她对他说，她的花朵，从此永远开放，从此永远芬芳，永远是湿润的。虽说他们经常相会，他们却不可能每一次都彼此结合。奇怪的是，当她感觉到自己的欲望时，当她的身体明显地证实了它时，她的脸上却从来不显示出幸福。这让镌版匠莫姆惊诧不已。有一天，她对他说："我羞于对您说这一点，但是，我的小肚子确实热得像一盆炭火。"他对她说："您这样对我实话实说的时候，不要感到有什么难为情。其实我吧，每次我想到您的目光时，我的那玩意儿都会直挺挺地竖起来，甚至当我走在路上时，甚至当我在作坊中干活时。"渐渐地，她便不分时辰地随意召唤他。并不特别在乎时间的长短。哪怕仅仅只有一分钟。她的贪婪或者说她的纠缠不休让她有些昏头，但是她无法抵御要他在场的欲望。至于莫姆，那些召唤给他招来了一些麻烦，因为他得给海姆克斯干完活儿，因为，只要有丝毫的疏忽大意，就会影响酸液的浸蚀程度，但是，这又有什么关系呢，只要小小的婢女一到，他马上就乐颠颠地照她指定的地点飞奔而去。

那是在花园里（1639年7月）。

两次在房间里。

那是在地窖里，用一盏昏暗的铁制油灯照明。

在旧瓦窑里。

六次在复折屋顶的顶楼间里。

在饭菜外卖商的家中。

一次是在一条她当日租来的小船上。

第四章

　　在饭菜外卖商的家中。窗扇突然打开，发出一记雷鸣般的巨响。正在颠鸾倒凤的两个情人，身上顿时落满了从窗上掉下来的碎玻璃。雅各伯兹的那个街道办事员，名叫凡拉克雷，在把玻璃窗撞了个稀巴烂的同时，自己身上也受了伤。他蹒跚地走了进来。他的嘴唇在流血。他拔下握在他手中的那个粗陶小瓶子的塞子。他准备把一瓶子硝镪水洒向莫姆的脸，后者早已经从雅各伯兹的女儿那赤裸而又洁白的身子上爬了下来。莫姆试图站稳脚跟，他的那东西依然青紫、黏糊糊的，他一心想跟凡拉克雷干上一架，便扑上去，闪开身，又后退。这一刻不仅可笑，而且无用。雅各伯兹的女儿的未婚夫扔出了那瓶硝镪水。莫姆的下巴、嘴唇、脑门、头发、脖子都被烧伤。民选法官的女儿本人的手上也沾上了硝镪水。她尖叫起来。所有人都尖叫起来，毕竟每个人的痛苦都是如此的剧烈。莫姆被送到了他的师傅家。海姆克斯叫来了一个医生，为他的徒弟治疗。他的眼睛幸好没有受伤。而他的整张脸则已经肿了。

后来，伤口又化了脓。他的痛苦达到了极点。

当高烧退去后，莫姆又想跟民选法官的女儿重温旧梦。他去找了那个婢女。

婢女对他说，她的女主人不希望再见到他。此外，她还提请莫姆注意，在他痛苦得要死要活的所有那些日子里，她的女主人一直没有得到他的消息。

"这又怎么了？"莫姆诘问道。

"这又怎么了，这是明摆着故意的嘛。"婢女不无尴尬地回答道。

莫姆给雅各布·维特·雅各伯兹的女儿写了一封信。

跟雅各布·维特·雅各伯兹保持着联系的大海姆克斯，在前者的压力下，教训了莫姆一通（他丝毫没有向莫姆隐瞒那位法官对他施加的权威影响，在当时，该法官在自由市布鲁日可以说是想做什么就能做到什么），意在让他死了那条心，不要再纠缠他朋友的女儿。年轻的凡拉克雷被课以罚金。海姆克斯把他的徒弟推向了酸液销蚀的镌版艺术，并接受了由法官规定了数额的一笔钱款。莫姆把罚金收入囊中。年轻的镌版匠，始终忍受着被民选法官的女儿所抛弃以及她的沉默的折磨，显得几乎心平气和。他又在海姆克斯的作坊中干起了活。他给他的铜版上油墨。他在石头上磨他的刻刀，磨两遍而不是一遍。

　　也恰恰是在这一时刻，那个年轻姑娘给他送来了一封信。

第五章

    雅各布·维特·雅各伯兹的女儿致莫姆的信："您的来信收悉，我心中甚感欣慰。信中希望得知关于我的手的消息。您的关注之情可敬可亲，我为此十分感激。我的手虽被烧破了洞，但还没有死。上帝仁慈地赋予我的所有手指还在动弹。甚至，它们还活动自如，丝毫不觉费劲。正是它们在帮我给您写信，其间并无任何痉挛影响它们的活动。您还带给我一件漂亮的礼物，引来我心中无比的喜悦。您依据我的脸和我的胸描绘的这幅肖像，使我显得比我本人实际上更为美丽，因为您的技艺太高超了。带一片片红色鳞片的画框也很漂亮。我用剪刀裁去了画像的胸脯，因为您把它们镌刻得赤裸裸地袒露着，这在我看来颇不够得体。方才，吃完了饭，当我的目光落到您的来信，落到您为我精心绘制的这幅小小的肖像上时，眼泪突然从我的眼眶中涌出，因为，我对您说了永别。前天，我在教堂里看到了您。昨天，我又见到您走在街上，走进了您师傅的店铺。您变得面目狰狞。此外，我做梦时还依稀重见了您跟埃纳蒙的那次大打出手，你们打得可真叫惨。再没有比这打得更惨的了。无论如何，我都要指责我自己，我不该不知羞耻地把我奉献给您。此事我已思考再三，我确实悔恨万分。因此，一个钟头之前，我去找了我父亲，请求他尽快安排我跟那个扔酸液烧伤了我手的人的婚礼，他认为，自那次冲突在我们城市中引来流言蜚语之后，这一举措将受到欢迎，更何况订婚关系早已为众人接受。我的门从此将永远对您关闭。我们就不要再见面了。娜妮。"

第六章

　　几天之后，1639年8月的一个早上，一个艳阳高照的日子，娜妮把他唤醒了。莫姆简直无法相信自己的眼睛。她就在身边，近在咫尺，在他那带复折屋顶的房间里。他心爱的姑娘回来了。她正俯身瞧着他。她正拍着他的肩膀。他裸着身子。她并不渴望他的裸体。相反，她把一件衬衣扔到他的肚子上。她以一种低沉的嗓音，一种逼人的嗓音对他说："听我说！听我说！"

　　她转过身子去，仿佛有人在追她。她脸上的表情，显现出一个女人心中的恐惧。她的眼睛闪烁着忧虑之光。她的脸又长又瘦，粉红粉红的，柔和中透着严肃。她的眼睛底下有圈青痕。她戴了一顶灰颜色的帽子，长长的头发非常简单地在脑后绾了一个结。她穿了一条灰色的长裙，戴一个白色的皱领。她比以往更漂亮。她俯身探向他。

　　"您必须立即就走，丝毫不能耽搁。"

还没睡醒的人从床上坐起来。他伸出手指揉了揉眼皮。他捋了捋自己的头发。

"您得今天就离开城里。"

"为什么？"

"马上就走。"

"为什么马上走？"

"他就要来了。他就要来杀您了。"

她带着一脸畏惧的神态碰了碰他的脸，对他说："我喜欢以前的那张脸。我很难过您失去了它。"

"您在做什么？为什么我必须马上离开？"莫姆问道，猛地从娜妮·维特·雅各伯兹的手中挣开了他的脑袋和他的头发。

她噤声不语了。她把她的手慢慢地凑近她放在画家赤裸裸的身体上为他遮羞的那件衬衣。她瞧着他。她向他送来一丝美丽的微笑。但是她又止住了微笑，对他说："因为我对他说了我爱您。"

她突然大哭起来。她擤着鼻涕。

"您已经变成了一个真的很丑的男人。"她对他说。

"这我又能怎么办？"

"幸亏您见不到您自己的脸。"

她把手帕塞回到她的袖子里。她对他说："我曾想让他把您杀了。现在，我又不想让他把您杀了。"

她的话刚刚说完，他便一把挣脱了她的胳膊。他起床，穿衣，走下两层楼梯，前往他师傅的私人住宅，去会晤他和他的妻子。他毫不耽误地出发了。

莫姆说："我将把我那可怜的歌带往别处。既然有一种沉沦的音乐，就得有一种沉沦的绘画。"

硝镪水比一种颜料还更奇特。

他的脸被烧伤后，那些曾经认识他的人再也不认他了。

他把一种灾难变成了一个机会。他的外表改变后，他开始在布鲁日自由飞翔。他去了安特卫普，却不让人们知道他可能是谁，而且他还在那里飞翔。他飞翔，但他还爱着她。当他发现他爱的只有她时，无法解释地，他停止了飞翔[1]，停止了在花街柳巷中的寻欢作乐。妓女们倒是并不讨厌他的脸，只要给钱，她们便让人们快乐似神仙。他跑到了马延斯。在马延斯，镂版匠莫姆又见到了埃拉尔·勒·讷弗，跟他一起合住一个暖洋洋的房间。房间足够大，放得下他的画板、他的颜料、他的箱子、他的画

1　这一段中，作者反复多次地使用了动词"voler"，这里译为"飞翔"，但这个动词也有"偷窃"的意思。

架、他的鸽羽笔、他的酸液槽。一年之后，1640年，他见到了她。那是在一个午后。她独自一人，穿着蓝黄相间的衣裙，站在马延斯金银匠街那绚丽灿烂的黄金钟底下，正在等他。

又一次，他的眼睛无法从年轻女郎的身上挪开。

他停住脚步。她比以往任何时候都更吸引他。她正在迎面向他走来，微微地歪着脑袋。作为对他一个问题的回答，她肯定地说她已经在十个月前结婚。对另一个问题，她回答说是的，她有了一个小孩。谁的？她没有回答。她抬起了眼皮。她笑了。她抓住了他的手。

"来吧。"她对他说。

"不。"他说。

他瞧着她。然后，他摇了摇头表示不。他跑了。

第七章

　　他跑着，跑掉了。离开了马延斯。他孤零零地独自待了二十天，在莱茵河对岸的一家小旅店里，大门不出，二门不迈的。在那个像是马圈一样的旅店中，还住着六个男人。二十天的干号干哭，蜷缩在干草堆和浓烈的怪异气味中。随后，他离开了这个世界，穿越了符腾堡、瑞士各州、阿尔卑斯山、意大利各国、罗马、那不勒斯。他在拉韦洛隐居了整整两年时间，在悬崖上，俯瞰着一个小村庄，俯瞰着萨莱诺海湾。最后，则是1643年的罗马，阿文蒂诺[1]，带挡雨披檐的阳台，夜景铜版画，1650年耸人听闻的集子，他在其中梦想着性爱场景的色情纸牌。在版画上，转印着朱丽亚街上的那个黑色马耳他十字架[2]店招。版

1　阿文蒂诺是罗马城的七大山丘之一。
2　马耳他十字架是一种呈燕尾形状的十字架。

画商把店铺开在了法尔内塞宫[1]附近。要回他的家里去，我们的镌版匠只需沿着台伯河走上一百米，经过犹太会堂门前，穿越犹太人聚居区。他在店铺左侧的底部放有一块招牌，上书"莫姆镌版"[2]字样。以前他父亲是蜡烛商。很少有蜡烛商的儿子成为雕刻匠的。拉纳的父亲、卡洛的父亲、普瓦伊的父亲都是金银匠。[3]这孩子从小就显示出惊人的才华，能描画出身体的自然姿势和表情，能让一双双手和一张张脸从黑夜中露出，能再现人们从来没有见过的一些邪恶的或者卑贱的或者羞耻的场景，他很早便才艺过人。

1　法尔内塞宫在罗马，16世纪时由桑伽洛、米开朗琪罗等人设计，属文艺复兴风格的建筑。
2　原文为拉丁语。
3　拉纳、卡洛、普瓦伊都是历史上确实存在的画家。米歇尔·拉纳（1590—1667），主要为书籍作插图。雅克·卡洛（1592—1635），法国版画家，长期在罗马从事版画创作。弗朗索瓦·普瓦伊（1623—1693），法国版画家。

第八章

年逾不惑的莫姆说他可以列数出八次心醉神迷。对一个曾经问起他它们都是些什么的罗马生意伙伴，他说："一个梦；一段回忆；一幅出自克洛德·热莱[1]之手并由他于1651年赠送的油画，画的是圣女波拉在奥斯蒂港；一个站在布鲁日港口一艘艘航船前的年轻姑娘。"然后，他闭嘴不说了，他在沉默中思索。这才提到四种。

几天之后，在圣枝节[2]，依然还在阿文蒂诺山上莫姆的作坊中，那位伙伴又来镌版匠这里进货，问他为什么上次说着说着他的神秘视象就不吭声了。他回答说："因为每当我回想起某些形象时，我就痛苦不已。"人们听到一

1　克洛德·热莱（1600—1682），人称洛林人，法国画家，是洛林地区的人，长期居住在罗马。
2　圣枝节，基督教传统节日，纪念耶稣胜利进入耶路撒冷。节日为封斋期的最后一个星期日，在复活节之前，也称"鲜花复活节"。

阵歌声升起在依然清凉的小街上："希伯来孩子们的衣裳拖在路上。"[1]孩子们从真话之口的祭坛出发，前往圣萨比娜教堂。[2]游行队伍完成其晚祷后，停在使徒圣保罗的坟墓前，在那里献上最后的圣枝。

过了好一会儿，游行队伍离开了小街，来到了台伯河陡峭的河岸上。歌声飘远了。

突然，歌声戛然消失。

镌版匠和他的伙伴在寂静中忙活。

在这同一天晚上，销蚀镌版匠揭开了蒙在由洛林人赠送的那幅绘画上的黑色丝绒帘子。

这是莫姆向他的伙伴展示的第一个奇迹。

然后，他从他的箱子里拿出一个玻璃瓶。这是装在短颈大口瓶中的一只人耳朵，它已经变得惨白无色。它跟青蛙胳膊尽头的手掌一样通体透明。

莫姆第三次转向大箱子，拿出一块小毯子，在地上展开。这是一块由戈布兰工场[3]的弗拉芒织毯工编织的挂毯，

1　原文为拉丁语。
2　"真话之口"是罗马城里的一个雕像，表现为一个张开着大口的神，据说当人把胳膊伸进这个大开的口中时，就不能撒谎，因为神会把撒谎者的胳膊咬掉，故称"真话之口"。它位于科斯梅丁的圣马利亚教堂内。而科斯梅丁的圣马利亚教堂和圣萨比娜教堂都在罗马城阿文蒂诺山附近。
3　戈布兰是欧洲的一个织毯世家，后来，法国建立的巴黎国立织毯厂也以"戈布兰"为名。

在宗教冲突中躲过了一帮瓦隆人[1]的抢夺，他们本来是要把它带往卢浮宫去的。挂毯左侧的画面再现了尤利西斯[2]在风暴肆虐的大海中游泳，大帆船正在他的身后下沉。挂毯的基本部分，显现了一个在淮阿喀亚海岸上赤身裸体的尤利西斯，身上还滴落着水珠，用手遮掩着下体，对面的瑙西卡手里拿着一个蓝色的球，正瞧着他。

"第四号奇迹，"他说，"是一幅素描。"他首先把画夹子中两个清瘦的圣施洗者约翰的脑袋挪开，放进一本博西奥[3]的《地下的罗马》，这本书中有大量的夜间场景。然后，他用手指着一幅十分亮的铜版雕刻画：一个长脸的年轻姑娘，头戴一顶布鲁日式样的帽子，戴一个白色的皱领，坐在敞开的窗户跟前的一张床上，床单凌乱。远处，可以看见一些船的桅杆，右侧，还有一个灰白色的航标灯塔，在东升的白色曙光里，它还被笼罩在一圈迷茫的雾气中。

面对着它的这位年轻姑娘的目光中透着畏惧。

---

1 瓦隆人是居住于今天比利时境内的一部分居民，大多说法语。
2 尤利西斯，也译奥德修斯，希腊神话中的英雄。据《荷马史诗》，他在航海旅行中曾沉船落水，上岸后昏倒，被淮阿喀亚国的公主瑙西卡救起。
3 安东尼奥·博西奥（Antonio Bosio, 1575/1576—1629），是马耳他的一位考古学家。

第五号是一幅用黑版法[1]制作的版画。它表现了山上的一个废墟城市，城市之上，几乎高入云端，有一条崎岖的小径，还有一头毛驴，位于深渊之上。在左侧，刻着这样的说明文字："卢西乌斯坐在驴背上。莫姆。雕刻。1656年8月。"[2]然后，是马耳他十字架。

"第六号美梦，"莫姆喃喃道，"是布鲁日的娜妮在……影子中……"

但是他闭口不语了。因为他的喉咙里再也没有了嗓音。

这才提到六种。

镌版匠莫姆把那幅黑版法的版画送给了他的伙伴，画的是比利牛斯地区的崇山峻岭以及深渊之上的崎岖小径。他说："看到那个已然荒废为牧场的古老集市，我的心中便感到一种奇异的喜悦之情。我瞧着那条榆树小径，所有那些在葡萄园和灌木丛中吃草的牲畜，围着炭盆烤火的石匠们，肩上扛着镐头寻找金币或者银币的人。我想到的罗马并非如此。"莫姆先生于1643年到达罗马后，正是从热莱先生那里，学会了如何雕刻风景画。热莱先生说到莫姆

1　黑版法是一种凹印的铜版画技法，详见下文第二十二章中的注释。
2　这段说明文字的原文为拉丁语。

先生时，称他的才华没有颜色上的情感。视象的紧凑牢牢地吸引住了他的手，使他对任何其他东西一概视而不见。在三十五年的职业生涯中，他还从来没有发现过他的手有什么特别之处。必须让他在他脑壳深处、在他眼睛背后见到的东西突显出来。视象在影子中勾勒出来，从深底中跳出，摆脱一个从来不识光明的黑夜。莫姆本来会是大自然本身，他只会造出闪电雷光，或者皎洁的明月，或者风暴中白沫滔天的海浪，在岸边泛黄的岩石上汹涌翻腾。或者被偶遇揭去了面纱的衣褶底下的裸体。或者一根动物的骨头，或者一块燧石的残骸，被人从土中寻得。关于山中的风光或者岭上的景色，镌版匠莫姆自己这样说道："我认为自然的地方是一些跟我们一样的动物。飞滚而泻的激流或者陡峭如壁的河岸，就跟盘旋翱翔在空中等待的鸟儿一样，或者跟犹疑不决地攀登山道的驴子一样。幽暗洞穴中的拱顶充满了由一个个星座构成的千万形象。比利牛斯山上用两条后腿站立的母熊，就是在台风中倾翻的巨大的快帆船。"

而格卢纳哈根，他的说法则不尽相同："有一天，当他在他的罗马阳台上镌刻下天堂的景象时，他的伙伴，名叫普瓦伊，原籍阿布维尔的那一个，特别注意到他纹丝不动的姿态，以及聚精会神的脸色，便戏谑地对他说：'您认为您在天堂中还会经历类似的心醉神迷吗？'但是莫姆先生依然保持着他的严肃，肯定地回答说，即便是在大堂中，他也还会如此。'上帝是不是想象出了它们？'普瓦伊他。莫姆先生以一种同样严肃的态度回答说：'是物质想象了天。然后，是天想象了生命。然后，是生命想象了自然，然后，自然推动万物，并在各种不同的形式下显现出自己，它所孕育的要远远比它在空间中随意拨弄时所虚构的少。我们的肉体便是自然在光明中尝试的形象之一。'"格卢纳哈根还补充道："热莱先生以开玩笑的方式这样说到莫姆先生：'镌版匠是严刻的。'[1]这就是意大利人所谓的日耳曼式幽默。"

---

1 这里有文字游戏，"镌版匠"和"严刻"在法语中分别为"graveur"和"grave"，词形相似。

第九章

　　莫姆的梦是这样的：他正迷迷糊糊地睡在布鲁日城他那个带复折屋顶的房间里（在让·海姆克斯为他安排的自己公寓顶楼上的那个住所中，就在运河边上那栋房子的四层楼上）。他那玩意儿在他的肚皮之上突然挺起。太阳那白色的、浓厚的、灼热的光芒，流洒在一个金黄头发、细长脖子的年轻女郎那赤裸裸的上身的四周。光芒从她肉体的所有轮廓线中漫溢而出，吞噬了她脸颊和她乳房的剪影。她便是娜妮·维特·雅各伯兹。她俯下了脑袋。她坐在他的身上。她一下子让他挺入了她的体内。他快意淋漓。

第十章

镌版匠莫姆的四点看法，由格卢纳哈根转达：

关于娜妮·维特·雅各伯兹："爱应该由一些始终萦绕在心头的形象构成。在这些无法抗拒的视象上，还要加上一番滔滔不绝的谈话，这番话，还有人们所经历的一切，全都献给那个唯一的存在者。这个存在者可以是还活在人间的，也可以已经死去。他的体貌特征在梦中给出，因为在梦中，无论是意志，还是利益，都不占统治地位。然而，梦，那是一些形象。甚至，以某种更为确切的方式来说，梦既是形象之父，又是形象之师。我是一个受到种种形象攻击的人。我制造一些从黑夜中脱出的形象。我献身于一种古老的爱，其血肉并不消散在现实中，但它的视象却再也不可能看到，因为能派作用场的只能是一个更为漂亮的样板。没什么可多费口舌的。"

关于他的艺术："需要再调的颜料，应该体现出冬天里蜂蜜的稠黏。不应该认为它的手工调制很难，因为它的困难也就在于这一点了。雕纹追随着阴影。阴影追随着光的强度。一切皆在一个单独和唯一的方向上流淌。"

关于风景："说真的，丝毫没有假话，因为我从来就不想说谎，跟上帝创造的即时风景比起来，任何出自手工的东西都不令我满意。即便是由洛林人克洛德在罗马绘成的一幅油画。即便是莫兰的一幅版画。即便是布鲁日的港口，即便是萨莱诺海湾中提比略[1]的城堡。相比黄金屋，相比亚历山大皇帝的珍宝，我更喜欢大西洋的滔滔波浪。罗马奥庇乌斯山山脚下的古斗兽场，远远比不上一场暴风雨的壮美。"

一旦有一场暴风雨来临，镌版匠便走出家门，爬上山岭。

有一天，人称洛林人的克洛德对镌版匠莫姆说："您怎么会知道世间万物表象底下的东西的呢？说到我，我可做不到。这一辈子，我从来不知道怎么去猜想女人的躯体，我渴望透过那些阻隔了我目光的衣料，去发现它们的形态。我只看见种种的颜色，以及它们的闪烁。每一次，我都惊讶于我的错误。"

1　提比略（公元前 42—公元 37），罗马帝国的第二位皇帝。

莫姆回答他说："您是一位画家。您不是一个擅长在黑白两色中，也就是说在色欲中自由驰骋的雕刻家。有一回，在佛兰德的一个自由港，我不禁大为诧异。"

人称洛林人的克洛德·热莱说："假如这世界没有了表象，人们便不能画出它的形象。人们就只能画出灼烧着它的形式的光。"

"您说的是哪一种光？"

"我说的是照亮着世界的光。"

"您认为，太阳真的会灼烧它所照亮的大地吗？"

"是的。"

"也许您说的有道理。"

"我认为，太阳光是唯一美的东西，因为它有助于人们发现世间万物。因此我从此以后居住在了罗马，而不再是圣迪耶或者吕内维尔。"

"但是，您为何还要画呢，既然一切都将被消耗殆尽？"

"每个人都带来他自己那小小的火把，汇集在照亮世界的大火把中。"

"我也是，我可以毫不隐瞒地说，用我的硝镪水，我为燃烧物增添了我小小的一份热量。"

短短的一阵子里，镌版匠闭嘴不语。

然后，他移动目光，望着他的阳台，开口道："然而，我并不认为您说的有道理。有一种显现是这个世界特有的。常常会有一些梦。有时候，需要掀开床上的帷幔，显示一下正在彼此相爱的肉体。有时候，需要显示桥梁和茅屋，碉楼和亭台，小船和马车，安居乐业、各得其所的各色人等，以及他们饲养的牲畜。有时候，一片薄雾或者一座高山足矣。有时候，在阵阵狂风的摧残下低头摇晃的一棵树足矣。有时候，甚至夜色就已足矣，用不着睡梦来把黑夜中不存在或丢失掉的那些东西显现给心灵。"

第十一章

黑版法的比利牛斯山系列版画再现的，首先是山上的一个废墟城市。左侧靠下有如下文字："卢西乌斯坐在驴背上。莫姆。雕刻。1656年8月。"[1] 在城市之上，有一个很大的墓地延伸在半山坡上。墓地比城镇本身还大，离我们这些看见了这版画的人也更近。

金黄的大墓地。这是一个被彻底抛弃的巨大花园。凄凉得犹如当初大自然让第一个人在那里出现的时候一样。一块块岩石已然松动。千百年的风吹雨打、日晒霜冻，石板早就裂了缝。石头上布满苔藓。青藤吞没了石碑。

青藤，缠绕在一切挺立的东西上，跟十字架纠集在一起，把它们揪紧，然后把它们覆盖，然后束缚住，然后卡死。

1　这些说明文字的原文为拉丁语。

在第二幅版画中，镌版匠莫姆画了他自己，把他那张毁了容的脸藏在一顶硕大的草帽底下。他穿过山上小教堂那十分昏暗的栅栏门。这栅栏门离教堂还有好几米远。

这一系列的黑版法版画，创作于1656年，为的是纪念镌版匠莫姆跟亚伯拉罕·冯·贝尔凯姆一起在1651年夏天为躲避法国人而作的长途游历。

版画上，销蚀镌版匠正走在一片坟墓中间。他行走在永远安息的古人中间。

然后两个影子来到了教堂黑暗的中殿中。点点滴滴的小光斑铺洒在地上。在脚底下，落在地面的黄颜色彩绘玻璃咯嚓咯嚓地响起来，或者，是丝毫无损的鞋底把它们踩了个粉碎。这就像是在一个饭菜外卖商家中的窗扇，他的店铺就开在小小运河边上。没有神。

在这幅黑色教堂的画面中没有神。这里只有显现在光明中的一片废墟。唯有风儿会吹来，拜访一下在这山腰上空荡荡的圣地中曾被人崇拜的神明。

风不时地吹过。

一片片碎布，七零八落地落在墙上，突然地动弹一下，顿时又停息，仿佛它们充满生命力地活在这中殿之中。

固定在祭坛上的十字架上空空如也，任凭木头的碎末一点点地洒落到约翰的手中和马利亚的脸上。

在圣器室的拱顶旁边，大钟落到了地上。大钟本身也在往昔中。这是第四幅版画。硕大的铜钟微微地陷在红颜色的石板地中。在它的边上，就只剩下一段残留的蒙满了灰尘的绳子。

多么纯粹的痛苦啊，那钟声仅仅是在深红色大理石上的一层尘土。一阵风儿吹过，只会轻拂这神圣之地，却不能让这青铜振响；它会吹散并消除那绳子的残骸，却不能证明兴许由它导致的遗弃，也无法证明无人听闻的怨诉。

在第五幅黑版法版画中，他们又出发了。他们又走下山谷。酷热炎暑中，树叶纹丝不动，万籁俱寂。空气不再流动。几乎就是一罐以寂静为质地的稠厚的、黏糊糊的蜜或奶。这是不带任何标志符号的白花花的一大团。

大地上再没有其他人。亚伯拉罕和莫姆趁此机会毫无遮拦地行进着。

整整一天，他们沿着一条空荡荡的道路行走，一路的美妙景色如海市蜃楼一般浮现在他们眼前。

没有黄蜂。再没有一只苍蝇，在沉甸甸地压着土地的空气中。

青草已经枯黄，在脚底下变得坚硬、锋利。

比利牛斯的黄昏已然袭来，那不是指山峰之上始终如一的蓝莹莹的天，而是指壑谷。小村庄、土路、石桥，总之，这幅黑版法版画中，所有的农庄和牲口棚几乎都消融在了黑暗中。因为大山的影子投射下一片真正的昏暗，由于它的黑，看起来倒几乎有些暗红。除了对面山腰上的一段盘旋路。一段玫瑰色的路从黑颜色中脱颖而出。

人们看到它是玫瑰色的。

亚伯拉罕和莫姆迷失了方向。

他们在山谷深处，在茂密的森林中迷了路。再也没有了光线。再也没有了道路。在这世界上，很久以来就再也没有了道路。亚伯拉罕走在头里。他慢悠悠地走着，默默无语。他们终于发现了森林的边缘，然后则是一堵围墙。亚伯拉罕向前走去。他走到一个赶着一群山羊的年轻修女身旁，才停住脚步。

"请问嬷嬷，您能不能告诉我，我们这里是什么地方？"

"你们迷路了吗？"

"是的。"

"我们是在西班牙王国，"她喃喃低语，"我真惭愧。"

这时候，年轻修女用手指头轻轻地抚摩她左手的手背。她抬起眼睛瞧了瞧亚伯拉罕·冯·贝尔凯姆，冲他莞尔一笑。

"我并不认为。"此时老人说道，他也微微一笑，算是对那位年轻女郎开心笑脸的回答。

"上帝听着你们呢！"年轻修女叫嚷起来，"我无法告诉你们，我的心中有多么的快乐。我是那么巴望我们不是在这臭狗屎的国家中。"

然后，她的脸色阴沉下来。于是，她忧伤地说道："我担心我们还处在大地之上。"

这一刻，亚伯拉罕抓住了她的手。

年轻修女任他握着她的手。

她重复道："我们是在大地上吗？"

他说："您真的这样认为？"

她笑了。他马上松开了她的手，他们告别而去。

镌版匠莫姆走了大约二十步后转过身子。年轻的修女还蹲在森林那密不透风的浓浓阴影中，屁股压着腿肚子，半隐半现地藏在树干后，而那些树干则躺倒在森林前的山坡上。他镌刻下的就是这一场景。

第十二章

　　玛丽·艾黛尔又走上了通向大海的小道。因为悬崖边上的那条小径实在太荒凉、太难攀爬了，她不得不紧紧地抓住灌木丛、树根、小杂树、染料木。她的紧腰上衣都洇湿了。她的衬衣从乳房以下也全湿了。她的脸上热汗淋漓。最后，她终于推开了房屋的大门。玛丽即将投入到宽敞客厅的阴影中时，发出了一声轻轻的叫喊；一个陌生男子正待在壁炉旁边，面目被毁得没有了人样。他十分丑陋。

　　他说："我很丑，我知道。"

　　"不，不。"玛丽声音微弱地说。

　　"瞧瞧，天气是这样的热。我真想喝上一口清凉的葡萄酒，这么请求恐怕有点不客气了。"

　　"不用客气。"

　　"谁在这里？"埃丝特的问声突然从楼上传来。

老强盗婆长期以来一直躲藏在荆棘丛中。

"您是谁？"玛丽重复问道。她细细地打量着这张如同煮硬了的牛皮的脸，还有那双圆圆的、闪闪发光的、专注的眼睛。

"我叫莫姆。"

玛丽没有答话。她跑到隔壁那个散发着蘑菇气味的小房间里，去找来一幅版画。她把版画递给他。

莫姆喃喃道："我想，这应该是鞣革工卖给您的。"

"是小贩。"她说。

"假如您愿意说他是小贩的话。"

因为那小贩曾经当过鞣革工。这时候，莫姆凑近过去。他握住了年轻女子那汗湿的双手。他对她说："这个月里，亚伯拉罕老头将来这里。我们耽搁得太久了，因为我们是从西班牙绕过来的。"

她注意到了放在客厅中央的那个木头箱子。她问道："您是怎么从小径上把这个箱子抬上来的？"

"我没有走小径。我是从森林中穿过来的。那里头有我的铜版片和我的雕刻刀。有我的日记账。我可怜的珍宝。"

但是玛丽还在继续专注地瞧着箱子。莫姆走上前去，俯下身子，打开了它。她发现里面放着一些崭新的铜版片，还有一些铜版片已被硝镪水腐蚀了。他是个镌版匠。那时候，人们也称之为销蚀镌版匠。

"您要睡在这里会是很艰难的。"玛丽说。

"总该有一个马厩吧。"莫姆说。

"没有。"

"总该有一个谷仓吧。"

"没有。"

"总该有一个牲口棚吧。"

"有。"

"这就行了。"

"那么干活呢？"

"需要什么吗？"老太婆特罗尼翁问道，她又从大门上的横梁底下露出脸来。

"什么都不要。什么都不要。"

第十三章

玛丽·艾黛尔的干刻铜版画带着雕刻刀的线条。

玛丽坐在沼泽边上，在大树底下。她脱下了她的木头鞋。

她把脚趾头伸进水里动着。

她把她的裙子撩到膝盖以上。

他看见了她那白花花的大腿在她身子底下平静水面上的倒影。

突然，他看见水光反映在她的眼睛里。它被镌刻下来了。它是那么的显而易见，她抬起眼睛瞧着他，眼睛里温和地、深深地闪耀着光芒。他对她充满渴望。他将坐到她的身边。

第十四章

  镌版匠莫姆首先在蓝纸上画下他的图案。用一点点白垩石。他不停地向大海走去。他整天在悬崖脚下嘈杂的波涛声中度过。佩勒村的小径，令人作呕的淤泥，滑溜溜的绿色暗礁，白花花的巨大卷浪以势不可挡的力量冲天而起，滚滚向前，他觉得这番景象雄伟无比。他的脑袋晕乎起来。空气是如此的暴烈。他就像一个醺醺然醉了好久的人，再也无法摆脱他的醉意。来自罗马的他，见识了大西洋。1651年在佩勒画的第一幅素描是岛屿，一字儿排开的岛屿在一字儿排开的地平线上。第二幅素描画的是汹涌而起的巨大卷浪。第三幅，渔民们扛着鱼篓，走在湿漉漉、亮晶晶的沙滩上。然后，是一个采牡蛎的渔民，身后拖着他的那把耙子。玛丽·艾黛尔津津有味地欣赏着。暮晚来临，玛丽凝视着油灯的火焰，灯光反射在铜版片上，她凝视着莫姆的手，他的手向前动，放大镜也向前动，她凝视着钢铁的刀尖径直地剖开金属。莫姆的手自信无疑。她在他身边感觉良好。玛丽·艾黛尔自觉地啜饮着傍晚。她还啜饮得更多。她静静地欣赏着，欣赏着，枕着她的胳膊就睡着了。他属于那样的一派画家，他们以一种十分精巧细腻的方式，描画那些被绝大多数人认为俗不可耐的东西：讨饭的乞丐，耕作的农民，跑泥涂的行贩，买卖蛤蜊、螃蟹、斑点鲈鱼的人，脱了鞋袜的女人，正在读信或做着春梦的衣着单薄的年轻女郎，忙着熨被单的女仆，所有成熟的或刚刚开始发霉、召唤着秋天的果子，剩饭剩菜、残汤残水，迷雾腾腾的烟馆，玩纸牌的人，一只舔着锡碗的猫，瞎子和他的同伴，以各种各样的姿势搂抱在一起、却不知道已被人窥见的情人们，给孩子喂奶的年轻母亲，苦思冥想的哲学家，吊死鬼，蜡烛盘，物体的影子，撒尿的人们，另一些拉屎的人，老头老太太，死人的侧影，反刍的或熟睡的牲畜。玛丽又找回了她幼年时的那种好奇心，那时光，她总是好奇地待在她那如今已过世的父亲身边，还在汉贝身边，在议事司铎身边。同样也在拥有师傅称号的外科医生图森身边。她提了千百个问题。她在大客厅中问道："为什么您不碰绘画？为什么雅克·卡洛从来都不使用颜色？为什么用这些线条，莫姆的艺术中特有的这些线条，显得像一些奇异的字母那样，来制造阴影？"一天，在悬崖上，他把手搭在她的肩膀上。她立即推开了他的手。莫姆靠近了深渊，他瞧着在悬崖底下翻滚的浪花。

这时候，玛丽对镌版匠莫姆说："应该原谅我。人们不能擦伤我的乳房而不让我立即痛苦地感到我身为一个女人。这里所有的女人都是生来如此的。"

"甚至连特罗尼翁也是？"

"甚至连特罗尼翁也是。"

她更轻地、几乎刻不容缓地说道："您或许还不知道，但是生活在这个世界上的女人们，常常有一段糟糕的回忆。"

她闭嘴不吭声了。

"但是，您倒是对我说说话呀，"她说，"对我说说话呀。您说点儿什么吧。"

她哭了。

他抓住了她的手。她立即抽回了她的手。

第十五章

莫姆瞧着佩勒村的玛丽放到高脚盘中的成堆的水果。他把蜡烛盘凑近大串的紫色葡萄。而莫姆本人，则尽一切可能把他的脸彻底地掩藏在黑暗中。他三十五岁。他的脸色有些发褐，他的伤疤倒不那么显褐色。他把蜡烛盘凑近，碰到了紫色的葡萄。他用手指头碰了碰葡萄皮上的反光。他转身朝向玛丽。他把她搂在怀中，而她突然也就接受了他把她抱在怀里。她把额头靠在他的肩头上。莫姆说她有着一层蝙蝠的皮肤。一样的细腻。一样的柔和。一样的鲜活、光滑和温热。于是，她对他说起了下诺曼底地方的外科医生，说他脸上的皮肤同样也是麻麻粒粒的。说着说着，她的眼睛睁得越来越大了。但是镌版匠莫姆并不想听她说什么，也不想知道她所作的跟另一个男人的对比。他骑上马出发了。反正奥艾斯特莱已经把他的马借给莫姆了。翌日，清晨刚过不久，莫姆回来时跟下山去佩勒村的玛丽相遇了。她已经走上了小径。莫姆跳下马，把缰绳递到年轻女子手里，接过她的篮筐，跟她一起步行。

天气晴朗。那是夏末时节。灌木丛中满是黑莓。起绒草把它们蓝色的脑袋和它们的绒毛挺在空中。干涸了一半的小溪几乎不再向海洋流去。他久久地驻足于小小的河湾。蝴蝶停得到处都是，几乎不再飞翔，它们在衰老。

第十六章

　　他们打开了大走廊上大门的两扇门，德·圣科隆布先生[1]第一个走了进来。亚伯拉罕·冯·贝尔凯姆第二个进来。然后，过了好一会儿，玛丽·艾黛尔、镌版匠莫姆和奥艾斯特莱也随之鱼贯而入。有两长排小小的鱼缸和养动物的玻璃箱，摆放在大理石的石板地上。大约有一百来个。镌版匠莫姆说："简直是挪亚和他的方舟。"

　　但是，对莫姆为吸引他的注意力而作的评价，德·圣科隆布先生并没有作任何回答。两个老人观看着蝾螈、北螈、蜥蜴、乌龟、蜗牛、螃蟹，它们在覆盖着镀金的盖子、微微映照着火光的玻璃缸中互相噬咬。"这一连串的厅堂，"这时候，德·圣科隆布先生开口对亚伯拉罕说，

1　德·圣科隆布先生是作者另一部小说《世间的每一个清晨》中的主人公，是个著名的维奥尔琴手。

"是前辈大走廊。"

"是的。"亚伯拉罕·冯·贝尔凯姆说。

"老祖宗们都在那里，还正在吃着呢。"

"是的。"

"老人们全都贪得无厌。"德·圣科隆布先生说。

玛丽·艾黛尔讨厌这个地方，她双手提着裙子，急匆匆地走了出去。

第十七章

德·蓬卡雷夫人[1]弹得一手好诗琴。人们甚至会把她的诗琴抬到会客室，好让朗格勒的主教得以聆听她的演奏。她的弹奏充满了忧伤、英国式的粗涩、缓慢、自豪。在德·圣科隆布先生于他比耶弗河畔的家中举办的私人音乐会上，她以诗琴或者双颈诗琴为他伴奏。她也很爱书。她的判断往往是独立的，她的虔诚几乎尽人皆知。她第一个捐献出了一笔钱，有好几千英镑，以资助在凡尔赛附近的荒野和森林边上，为王家港[2]修建一个新的建筑，使得女人们可以在此得到庇护，不受男人们的欺压。她在那里有最漂亮的住所，直接面对着会客室的走廊，其中的一个大

1　德·蓬卡雷夫人也是作者另一部小说《世间的每一个清晨》中的人物。这两部小说中的一些次要人物存在交集。

2　王家港，位于巴黎，是法国一个修道院的名称，在巴黎，当年曾是天主教非正式派别詹森派的大本营。现在，王家港修道院已改建为巴黎的妇产医院。

客厅四壁上全都是单色画。她有一个小祷告室，紧挨着她摆有书桌的那个房间。在她卧室的众多窗户前，她修了一个长长的阳台，让人在那里摆放了六十棵箱栽的橘子树。德·蓬卡雷夫人十分慷慨大方。她为詹森派，为共和派，为犹太人，为清教徒，为遭王家弓箭队追捕的图谋刺杀暴君的志士提供庇护。她张开双臂欢迎遭到迫害的一切人。

镌版匠莫姆和亚伯拉罕·冯·贝尔凯姆前去德·蓬卡雷夫人在巴黎的府邸，它位于恶语街上。

他们等候著名的维奥尔琴大师，他跟他们约定在那里见面，但他没有来。

第十八章

以往画家们的生活是这样的：一系列的城市。他们漂泊无定。莫姆从巴黎出发，先来到拉沃尔，随后又是图卢兹、吕内维尔、布鲁日。按照这一顺序。第三次游历，在匆忙中和痛苦中完成，有科姆湖、米兰公爵领地、威尼斯共和国、帕尔马公国、博洛尼亚。在博洛尼亚，他成了彩绘玻璃画家。继博洛尼亚之后，则是拉韦洛城中可怕的孤独。然后是罗马。然后是西班牙、佩勒村、刚德、巴黎、安特卫普。然后是伦敦和乌得勒支。在罗马，他制造并兜售版画。自从他到达以来，他一直作为雕刻匠，为法尔内塞宫附近朱丽亚街上的一个版画商干活，复制一些石印画，用铅笔在一张纸上描摹后，把纸的反面朝外熨烫在涂了黑炱的纸上，最后依据印痕在铜版上雕刻。他师从维拉莫那学画肖像，师从卡拉齐[1]学画人物的身姿，师从克洛德·热莱学画风景。他从来不在王公贵胄和枢机主教的府上露面。一走出他在阿文蒂诺山上的家，他就戴上一顶大草帽，把他的脸遮掩得严严实实。罗马的长长围墙，鲨鱼一般地藏在蓝色的阴影中，引导着他的脚步。而阴影，依据时辰的不同，描画出他的楼塔。花园、葡萄园、榆树林、田野、废墟。攀垂在旧墙头上的大片大片的爬山虎。向着满是泥土和滑溜溜藓苔的小街伸出了披檐的屋顶瓦片。稍后的年代里，差不多自他从伦敦返回后，当他的视力退化时，他喜爱在阳台上工作，在三层楼上，在明媚的阳光下，在他那一片让人加大了的赭石色瓦片的屋檐下。有时候他还抄写音乐家们的争辩文字或者为大众而开设的音乐课的内容。过去，揭竿而起反抗贵族的罗马平民隐居在阿文蒂诺山上，直到他们的权利得到承认。一个曾从属于执政官阿皮乌斯·克劳狄乌斯[2]的老战士脱去衣裳，裸露出他的脊背，高声嚷道："行动吧！"[3]这在古老的语言中

1　卡拉齐指 16 世纪末意大利的一个绘画家族中的三兄弟，他们创立了博洛尼亚画派。
2　阿皮乌斯·克劳狄乌斯（公元前 340—前 273），人称失明者，罗马政治家、法学家、贵族出身，曾任执政官，提出进步的政治改革纲领，还修建了罗马第一个引水渠。
3　原文为拉丁语。

的意思是："我在此召唤罗马人民。"至于他的趣味，则始终是越来越空旷的风景，越来越夜深的废墟，大海中远远地漂荡着的一叶小舟，远得几乎不能再远，仿佛就是死神之舟。下方，左侧，"莫姆雕刻"[1]的字样。冬天，他关闭窗扇。他在空荡荡的房子里工作，他在屋里展示他的版画。一张桌子，两把椅子，倚墙而放。华盖把他的床掩藏得严严实实。玛丽·艾黛尔在这张床上睡了几乎整整一年。

1　原文为拉丁语。

第十九章

有一天，莫姆对她说："1651年，当亚伯拉罕一步一个脚印，艰难地穿越冰封雪盖的阿尔卑斯山意大利一侧时，他的骡子掉下了山沟，他失去了一切，两手空空地继续行路，法国士兵把他当作流浪者抓了起来。那时，一个老兵走出队列，伸出手来指着他。他声称：'就是这个人，以前杀死了皮涅罗尔要塞[1]的总司令。假如我说的有半句谎言，就让人把我的手指头砸碎好了。'他刚刚说完这句话，所有的士兵便一拥而上，不由分说地对亚伯拉罕拳打脚踢起来。若不是两个军官出面阻拦的话，可怜的老亚伯拉罕一条小命就丢在那里了。皮涅罗尔军营的新任司令官认定，假如人们希望能有一次公正判决的话，他们就该

1　皮涅罗尔是意大利的一个城市，历史上为法国和意大利反复争夺的军事要塞。

把亚伯拉罕一直带往图卢兹，因为，正是在那个城市里，他杀害了伯爵，毕竟，他早先曾经是法国的一个骑士。军营中立刻分成了两派。负责押送自称为阿尔比人[1]的俘虏的小队，先到了托纳，然后又到了塔卢瓦尔。

"在塔卢瓦尔，为了穿越湖泊，赶往安西城，士兵们找了两条正好泊在那里的方篷平底船。他们让两条船满载得不能再满，还用绳子把救生小艇穿起来拖在船后，使得船上有更大的空间装货，以便把他们所有的一切都装到船上，这样就用不着运第二趟了。船员们扯起了风帆。老亚伯拉罕被挤在船舷边上两个装货的麻袋中间，瞧着他们手忙脚乱地操作。天气阴沉。麻袋、帐篷、武器、木桶的载量不断地增长，把他遮掩在了士兵们的视野之外。老人暗自庆幸地对自己说，这真是天赐良机，此刻再不逃，更待何时。于是，他费劲地解开了绑绳。

"乌云密布，本已降临下来的夜幕变得越发浓黑。

"他跳上了跟在方篷船后面的小艇。没有人看见他。因为身边没有小刀，他无法割断把小艇系在方篷船后面的绳子。他犹豫起来。然后，他让自己滑入了安西湖冰冷刺骨的水中。他想游泳，但是四周寂静得不能再静了。云彩

1　阿尔比为法国一地。

飞逝，如同牲畜小跑着奔向东方。士兵们和船员们瞧着它们飘过，在他们头顶之上，离他们的脸只有几米远。在山区，事情就是这样。仿佛他们只要一招手，就能把它们撩住。

"最后，在黑夜的穹顶底下，星星重又露出脸来。

"狂风戛然而止。

"亚伯拉罕不知道他是不是还会被船上的人看到。他随波漂流，就像月光下的一块木板。他只是简单地甩动双脚、双腿和双臂，缓慢地，为的是不被冰冷无比的湖水降伏。黑夜就这样过去。天边露出了灰白的曙光。他几乎觉得自己冻成了一块冰，随风随浪漂向东西南北。他把脑袋转向湖岸。他瞧着曙光中荆棘丛生的荒野，浓雾开始在那里生成并游荡。他艰难地呼吸着。

"亚伯拉罕曾对莫姆说过，他在清晨的空气中，突然闻到了意大利五针松散发出的极其清新而又美妙的气味。就在这一刻，他奋力游起水来。

"他爬上了静悄悄的陡峭湖岸。一切都是静悄悄的，闪着蓝莹莹的色彩。他一件一件地脱下身上的衣服，把它们挂在树枝上，然后又把它们摊开在岩石上，在太阳底下晒着。他赤裸裸地站立着，在寂静中，在曙光中，瞧着高山，在一道阳光中瑟瑟发抖。

"在山上，他找到一个丰苦，地面很干。他在那里躺下，倒头便熟睡。然后他前往维尔塞伊。从那里再去阿斯蒂。在热那亚，帆船启航去了托斯卡纳。

"航船停靠在圣斯泰法诺港，在奇维塔韦基亚。最后，在奥斯蒂亚。

"来到罗马后，老人爬上了莫姆家又陡又高的楼梯。"

莫姆说："我当时离开了饭桌。我正在漱口。女仆还为我端着盘子，让我把漱口水吐在里头。仆人通报说，一个上了年纪、浑身尘土的骑士来访，正等候在三楼的公寓门外。镌版匠莫姆先生是不是愿意接待一个姓贝尔凯姆的人？我急急忙忙地朝门口奔去。亚伯拉罕，依然站在朝向石头楼梯的门前过道上，就对我说：'有一天，你再也不愿意活了，我救了你一命。现在轮到你来救我了。'我立即回答他说他是在冒犯我。

"提供一个理由是对爱的蹂躏。

"为人们所爱之物赋予一种意义，便是撒谎。

"因为没有一个人，当他特别强烈地感受到自己还活着时，还会感到其他的快乐。

"人没有第二条命。

"我把贝尔凯姆老骑士安顿在阳台上。我让他躺在金色瓦片的披檐下，让他好好休息，那是我通常在春天里工作的地方。他就在那里睡着了。而我，我则跑在台伯河的河岸上。我赶到朱丽亚街上的版画商那里。我赶紧敛集起我能够凑的所有钱，以便我们随时可以匆匆出发。"

第二十章

　　几乎全白的铜版雕刻针。在被光线吞噬了的栏柱后，人们分辨出一个形状。上了年纪的男人，闭着眼睛，一把白胡子，一只手放在两腿之间，在一个阳台上，在罗马，在黄昏中，在白天的第三个时辰里，在夕阳的金黄色光芒中，在自由自在的幸福中，在生活于葡萄酒与美梦之间的幸福中。

第二十一章

"在曙光微露之前我们就出发了。"莫姆一边说，一边把他的铜版一块一块地从木箱子里拿出来，递给玛丽·艾黛尔。其中一块表现的是老战士坐在一个通向奥古斯特门的驮轿中。

一片从未见过的天空，风暴大作。或者白得近乎荒谬。

地中海地区位于勒卡特和佩皮尼昂之间的池塘那又脏又泥泞的滩岸。

通向另一片大海的西班牙山坡上崎岖陡峭的小道。

一片灌木丛中一头开了膛的大黑熊，脖子上挂着一串分两行而排的铃铛。

在加泰罗尼亚地区的山上，必须避开当地人的那些村庄。任何一个外乡人都被当作一头野兽。1651年夏天，人们在法国的乡村中，烧毁了所能找到的埃及人和犹太人的一切东西。流浪者的大篷车被稀里哗啦地劈成了取暖用的柴火。

第二十二章

　　此时，莫姆向玛丽展示了一块墨黑一团的铜版片，它表现的是一座巨大悬崖的阴影。"来到佩勒村附近后，老亚伯拉罕悄悄地把我拉到一边。当他觉得船主再也听不清我们的谈话声时，他对我说：'我打算独自一人北上，一直到敦刻尔克，我在那里有事要做。我以后再回来。'我们望着如此苍白、如此高耸的悬崖一直消失在白色的天空中。我们恰好处在它的底下。悬崖把它黑夜一般的巨大影子投到我们身上。那上面，山的峰巅勾勒出线条的地方，有月亮，还没等太阳西落，就在那里闪闪发光。在这世界上，有些地方还停留在原始状态中。那些空间便是往昔凝固住了的瞬间。一切都带着古老的狂怒汇集在了那里。那是上帝的脸。那是原始动力的痕迹，比人更巨大，比自然更广阔，比生命更有活力，它同先于所有这三者的天体系统一样地激动人心。就这样，我们钻进了刚德镇那小巧玲珑的港口中，钻进了它的废墟中。"

太阳西斜，把它金色的光芒一道道地洒在白垩石上。

船儿抛锚在桥边。

从悬崖的阴影中走出，我们欣赏着水面上太阳的反光，层层的波浪，房屋的倒影，远在天边的船儿。亚伯拉罕·冯·贝尔凯姆把手搭在销蚀镂版匠的肩上。他说："人在走向衰老时，越来越难聚精会神于他所穿越的景色的绚烂。经历过风吹雨打、岁月沧桑而日渐衰老的皮肤，被疲劳和欢乐折腾得松弛疲塌，各种不同的体毛、眼泪、体液、指甲和头发纷纷脱落，掉在地上，就像枯叶和残枝，让越来越迷途的心灵经常走到皮肤的容积之外。最终的腾飞实际上只是一种凌乱的洒落。我越是老，就越是感到处处存在。我再也不怎么寄存在我的躯体中。我担心自己会在某一天死去。我感到我的皮肤实在太薄，细孔实在太多了。我对我自己说：有一天，风景将穿透我。"

"我爱您！"镂版匠高声嚷道。

莫姆紧紧地抱住老人，在他的脸上亲吻。

他借助于桥上的木墩子，跳入河岸的浅水中。水一直没到他的膝盖。

然后，他走上滩岸的淤泥地。他头也不回。他很激动。因此他的嘴唇颤抖不已。最后，眼泪开始滚落到他的脸上。"有一天，风景将穿透我。"这就是亚伯拉罕·冯·贝尔凯姆在离开镂版匠莫姆之前对他说的话，然后他走向了死亡。刚德是一个漂亮的名字。

黑版法[1]是一种凹印的铜版画技法。

在黑版法中，铜版片要全部雕刻。关键是要把拉出毛刺的版面刮平，以获得白色。风景在人像之前。路德维希·冯·西根[2]是在1642年发明的黑版法。1653年，在布鲁塞尔，西根向巴拉丁领地的鲁普莱什揭示了他的秘密，后者于1656年把它引入了英国。人们估计，莫姆只有二十四幅黑版法的版画，而且全都创作于亚伯拉罕之后。

人们把黑版法中用来对铜版片做毛刺处理的凿子叫作摇凿。

通过黑版法的凹印，纸页上的任何形状似乎都出自黑影，就像一个婴儿出自母亲的产道。

1　黑版法，法语为"manière noire"，是铜版画创作中的一种制版法，又称"英国法"，发明于1643年。意大利语为"mezzotinto"，中文译为"美柔汀法"。制版式时，摇动一种叫作摇凿的有尖锐密齿的圆口钢凿，使版面布满斑痕。滚墨印出一片天鹅绒似的黑色。然后在黑色上用刮刀刮平布满铜刺的版面，轻刮得到深灰色，重刮得到浅灰色，不刮得到全黑色，反复刮则成白色。
2　路德维希·冯·西根（1609—约1680），荷兰画家、铜版画家。

第二十三章

一片阴暗。镌版匠莫姆赤身裸体。他靠近玛丽想跟她亲热。他对她说："我求求您，请不要垂下眼睛。"

她的乳房高高坚挺。她的嘴唇又厚又柔。她的阴部湿漉漉的。她散发出一种美妙的香味。

玛丽散发出一种混杂有黑森林、蕨类、蘑菇的美妙香味。

圆润而又苍白的肩膀。

乳房柔美得如同丝绸，沉甸甸地装满了乳汁，浸透了一种时时刻刻具有诱惑力的气味。他们默默无语。

玛丽把衣服披在胸脯上，站起身来。莫姆跟着她。她转过身来，对他说："假如我心中愿意您跟着我，我想我是会对您说请跟着我的。"

莫姆停在了原地。只是他的上嘴唇又忧郁地颤抖起来了。这里，在贝尔凯姆，玛丽·艾黛尔又一次拒绝了让他进她的房间。他对自己说："这是因为我的脸。"他在她的身后关上了门。然后，他在自己的身后关上了文艺复兴风格的围墙中的那道门。他动身去了安特卫普，自从他毁容之后，他就再也没有返回过那座城市。

第二十四章

　　自他们从伦敦返回后，玛丽·艾黛尔跟莫姆共同生活了几乎整整一年，在他的作坊中，在罗马，在台伯河的左岸，在1655年。那是幸福的一年。一天，她做了一个噩梦，惊醒后满脸都是虚汗。他试图劝慰她。他对她说："无论会有什么事情发生，您一定要知道，我就在您的身边。靠在我身上休息吧。什么都不要害怕。对我来说，自从我们共同生活的那些日子以来，您已经进入了我屋顶的影子底下。"对于莫姆，这是从娜妮·维特·雅各伯兹之后，他从来没有对任何其他女人说过的话。但是玛丽待他太狠心了。她反驳道："我拿一个屋顶有什么用？我万万没有想到，我们会因一个如此庸俗的理由而生活在一起。"她把脚从被单中伸出，跳下了床。她突然叫嚷道："无论如何，如果情况确是如此，我真替您害臊！"于是，莫姆的嗓音降得更低，问玛丽·艾黛尔："既然如此，那么，您为什么还要来庇卡底，为什么要来刚德找我？"

"我爱这个村镇的名字。我在问我自己，来到一个叫作刚德的地方后，到底会有什么事发生。那不是欲望在引导着我的脚步，而是好奇心。我游荡四方。"说完，她离他而去。她乘上一条船。航船停靠在尼斯伯爵领地。一辆马车把她带到里昂。

第二十五章

关于愤怒，玛丽这样说："所有不幸的人都生于他们双亲的一种愤怒，随愤怒之后而来的快乐都不能使之满足。"

在愤怒中，我们的耳朵什么都听不进去。

斯塔奇罗斯的亚里士多德[1]说："一个愤怒中的人往往不可能压住他的怒火，就像一个已经从岩石上跃起的跳水者不可能在半空中停住他的飞跃，不可能不落进水中。"

圣西朗的修道院院长[2]说："愤怒意味着拒绝颜色。罗马人莫姆是拒绝颜色的画家。黑色与愤怒是同一个词，就如上帝和复仇构成唯一的永恒行动。永恒者说过：'复仇

1　斯塔奇罗斯在马其顿，是亚里士多德的故乡。
2　圣西朗的修道院院长（1581—1643），本名让·杜维尔基埃·德·奥拉纳，法国神学家。

在我。'在过去，kholè[1]并不意味着ira[2]，而是黑暗。在古代人的眼中，在忧郁之中的愤怒，就是在黑夜中的黑色。从来就没有足够的黑，来表达把这世界撕裂在出生与死亡之间的强烈对比。但是，把眼睛蒙起来，转上两圈，再把布条在脑袋后系紧，这是没有用的。不应该说：'在出生与死亡之间。'应该像上帝一样，以明确的方式说：'在性欲与地狱之间。'"

莫姆说："人类的情感就是这个样子。从天而落的雨水消除种种颜色。"

愤怒跟肉欲同样地令人激动，同样地令人眩晕。

鸮和海鸥说，最终冲破了堤坝并冲上了街道的海洋，是幸福的。

---

1 希腊语，意为"黑色""愤怒"。
2 拉丁语，意为"愤怒"。

第二十六章

在人类居住的城市中，人们把公证人分档储存超过几百年历史的文献的地方叫作原件档案处。1656年，玛丽·艾黛尔离开了莫姆位于罗马阿文蒂诺山上的作坊。1658年，11月25日，莫姆出席了玛格丽特·维延在巴黎的婚礼，她是人称铜版雕刻家维延的版画商的女儿，他的店铺开在圣雅克街，挂着有圣本尼狄克[1]肖像的店招。在跟版画商姓氏的首写字母W糅合在一起的大写字母H底下，"杰奥弗罗伊·莫姆"的署名清晰可辨。那一天，1658年11月25日，维延的女儿跟普瓦伊家的老大弗朗索瓦结了婚，新郎又称阿布维尔的普瓦伊。

1　圣本尼狄克（480—547），基督教本笃会的创建者。

第二十七章

　　莫姆用黑版法雕刻过一个形象，表现的是老亚伯拉罕在马厩中占有奥艾斯特莱。莫姆承认说，他确实曾经撞见过他们，当时那个年轻人正跪拜在老年人面前。莫姆画中的亚伯拉罕有着一具老年人的身躯，一根根肋骨鼓突在胸前，胃部下垂，细细的腿上全无肌肉。

　　另一幅用同一技法制作（就是说出品于1656年以后）的淫秽画非常特殊。画的是圣安东尼的诱惑[1]。隐居的圣徒坐在洞穴的洞口，那玩意儿直挺挺地勃起在他的手中。他的眼睛在流泪。一大堆石头把圣徒跟一个女人分隔开，那女人两腿分得很开，脑袋俯向前方的夜色，她似乎在观察着什么，但是夜色中什么都辨别不清。她的身边有一个小

1　圣安东尼（约251—356），埃及的隐修士，是基督教隐修会的创建人。"圣安东尼的诱惑"是西方绘画史中的重要题材之一。

小的魔鬼，在 本翻开的书中拉屎。在版画的左侧，一个卡斯蒂利亚人正在为一只母野猪拉着小提琴。

在一个椭圆形中。从一个花边袖口中伸出的右手展开了它的手指头，食指微微弯曲，伸向一个男人使劲展露在镜子前的下体，镜子中还反映出了正照耀着这一切的蜡烛盘。镜子与蜡烛盘都摆在一张小桌子上，在一个细木镶嵌的箱子上。

最后，不是一幅黑版法的版画，而是一幅铜版干雕画，它也是莫姆创作的杰作之一。在版画的正中央，玛丽·艾黛尔正从一个水淋淋的井桶里出来。一个男人背向坐在石井栏上，正在倒他鞋子里的一粒沙砾。（无疑就是莫姆本人，既然他背向而坐。）在他面前，奥艾斯特莱手中拿着一个架子，正往上挂短裤。一个瘦瘦的女人（埃丝特）用一块布擦着他的下体。右边有一头毛驴。

第二十八章

镌版匠莫姆于1667年年底死在乌得勒支。杰拉德·冯·洪特霍斯特那时候是一个声名狼藉的画家。洪特霍斯特从1590年活到1656年。人们看不出在洪特霍斯特和莫姆的作品之间有任何的关联，除了黑暗。反正是，在1667年，莫姆死在了乌得勒支，死在了杰拉德·冯·洪特霍斯特的家里。一幅雕刻画，它本身也在左侧有署名，写着1666年12月的日期，必要时可以为此提供证明。镌版匠应该是在1664年年底离开罗马的。要不然就是1666年秋天。这一点不好确定。那时候，荷兰是一个富裕的国家，十分重视法国人的作品。但是镌版匠莫姆的出发理由，似乎并不能归于那些荷兰城市的富足。人们在罗马把杰拉德·冯·洪特霍斯特叫作Gherardo delle Notti[1]，它的

---

1 意大利语。

意思是黑夜的杰拉德。乌得勒支美丽的作坊那时候属于威廉·冯·洪特霍斯特的妻子，她的名字叫卡特琳娜。是玛丽·艾黛尔，在洪特霍斯特的家中轻摇着自杀身亡的莫姆的遗体。人们同样不知道为什么玛丽·艾黛尔会前来荷兰寻找镌版匠，而且就在他走向死神的那一刻，找到了黑夜的杰拉德的嫂子家中。

第二十九章

　　1664年2月末，在罗马，三十二张系列淫秽画片，全部都在朱丽亚街的一家商店中获得，送到了罗马最重要的名门望族之一的府上，到了那一家的长子手中，此君名叫欧杰尼奥，是一个非常漂亮、非常有教养、非常精细、非常敏感、非常贞洁的年轻人。这些画片全都是由镌版匠莫姆绘制的。那是应这一家族的家庭医生马切罗·泽拉的请求而特制的。他认真地为之听诊的那个年轻贵族，年方二十，精力充沛，生殖系统完好正常，却以肯定的口吻说他不能够结婚，因为他活到如今，还从来没有体验过一丝性欲的亢奋。当父母的，对他们的长子所说的话压根儿就无法相信，便让泽拉医生给他好好地做一番检查。马切罗·泽拉把那些淫秽画当作了治病的良方，让欧杰尼奥细细地把它们看上整整一夜，并让两个佛罗伦萨的妓女陪同他一起欣赏。那两个娼妓，一个岁数略略大些，即便说不卜待人殷勤，倒也可说甚是温柔体贴，另一个则要年轻得多，也很活泼。这次诱惑不仅归于失败，并且还在欧杰尼奥的心中激起了一种嫌恶，嫌恶一直发展为恶心，而且这种恶心还是那么强烈，以至于让他落入了无端的万般焦虑之中。佛罗伦萨城里那两个供人享乐的姑娘，对她们夜间努力的结果无法达成一致看法。年轻的那个肯定地说，小伙子的肉体始终是软绵绵的不见起色，而他的灵魂则极端不幸，她认定，既然别人想知道她的观点，此人生来根本就不是过太平日子的人，就是说，他不配做一个男人，当一个父亲。年龄较大的那个婊子，担心拿不到事先说好的报酬，即来一趟、回一趟的两趟车马费，以及整整一夜的春资，则宣称，她同行的说法是一种不正确的论断，年轻人有过一次短暂的勃起，只要再来一夜，就可以轻而易举地把他的犹豫尴尬和其他的困难统统打发掉，这一点，她早已经认真地观察过了。听闻那个不祥的女人打算实施另一计划，再来上一个风流之夜，年轻的欧杰尼奥当场就昏了过去。必须叫一辆两轮的车子来。当天受到那位泽拉医生一再盘问的洗衣女工们，在家族的宫殿中做了证明，说是她们从来没有在大少爷的床单上看到过夜间留下的丝毫污秽痕迹。泽拉请当父母的在为他们的孩子考虑未来时要三思而后行。但是这家的家长并不以为然。重要的和古老的利害关系使得他们的长子终于跟一个从童年时代起就由他们承诺了婚事的姑娘结合了。

欧杰尼奥始终无法实施跟他配偶的性行为。

那个年轻女郎，婚后始终是个黄花处女，便向她的双亲抱怨自己的苦命，他们也细细地倾听了她的苦恼诉说。甚至，女方家庭还威胁说，假如他们的女儿不能被姑爷灵巧地玷污，不能感受到些许的自然快乐，他们就要反对这桩婚姻。

再次咨询意见的时候，泽拉医生重又将莫姆的淫荡画片作为处方，他建议年轻的新娘子用她的双手，用她的十个手指头，来点拨她的丈夫，帮助他获得稠密的欲望。结果，年轻的新郎于1664年5月22日自杀身亡。那些版画从售卖的店铺中被撤下。铜版以及保存在挂着黑十字架店招的版画商那里的所有印制品，无论它们出自莫姆之手，或者出自其他画家之手，全被扔到了停在离店铺有五十米远的鲜花广场的一辆大车上，当众烧毁的烧毁，熔化的熔化。直接出自克洛德·梅朗[1]或者镌版匠莫姆之手的色情画，如今留传下来的是那么少，这也是一个重要的原因。

---

1 克洛德·梅朗（1598—1688），法国版画家。

第三十章

    1882年，在各省美术家协会一年一度的大会期间，加斯东·勒布勒东先生以"一幅出自莫姆之手表现一个淫秽场景的漂亮的黑版法版画"为主题，作了一个学术报告。加斯东·勒布勒东的阐述如下："画像签署的姓名和日期在左侧下方，在一个马耳他十字架旁边：'莫姆。雕刻。罗马。1666年。8月。'[1]这人物，脑袋处在阴影中，穿着一件黑色塔夫绸的马甲，没有系扣子，露出很漂亮的体形。他从左侧转向右侧，正面而视，端坐着。两腿分开。他的欲望在一个佛兰德帷幔的底子上清楚地显现出来。他的右手伸出，在他身后那片有着鲜花图案的帷幔的开叉处，指着放在一个帆布折凳上的一些美丽的海洋贝壳。左侧，在桌子上的硬纸板上，左手的底下，人们可以读到连一个字

1　原文为拉丁语。

母都没有省略的这样的词："夜景版画集'。这就是1650年的那本遭到诅咒的著名的书。人物已经有了相当一把年纪。总的气氛很忧郁。脑袋，沉浸在帷幔以及帷幔之上一块伸出来的石头的阴影中，显得像是某种可怖的东西。整幅画上的光线，人们看不出其源头在哪里，投射在肚子上和剧烈鼓胀的[1]自然器官上。"这幅以黑版法雕刻成的版画从1882年起就再也没有露面过。它的创作无疑要晚于1664年鲜花广场上焚烧那些邪书和淫画的事件。它从来没有被复制过。

---

1 原文为拉丁语。

第三十一章

被保留下来的镂版匠莫姆的两幅最著名的版画，分别是《圣约翰在帕特莫斯岛》和《海洛和利安得》[1]，曾出现过许多它们的副本，并有大量的印制品。

帕特莫斯岛[2]上的圣约翰待在一座高山的山顶上。他坐在一棵树的阴影中，背靠着一块岩石。他在写《启示录》。在又长又窄的销蚀镂版画的左侧，是一只老鹰，鹰爪紧紧地抓住山脊的边缘，在它那展开的巨翅之间接受着一丝微薄的夕阳余晖。

《海洛和利安得》是一幅黑版法的版画。风暴骤起，波涛汹涌，浪花拍打在岸边一座巍峨的高塔的基部，在高

1　海洛是希腊神话中爱神阿佛洛狄忒的女祭司，与英俊的青年利安得相爱。每天晚上，利安得都游水过来与她相会，她则在岸边高高的塔顶手擎火炬为他引路。一夜大风骤起，吹灭火炬，利安得溺水身亡。海洛悲痛万分，遂坠塔自杀。
2　帕特莫斯岛在希腊的爱琴海，圣约翰曾被流放在此。

高的塔顶上，海洛几乎赤身裸体，披头散发，向前使劲地俯着身子，一个乳房映照在火光中，她右手高擎着一盏罗马油灯，灯芯燃烧着，她试图在茫茫的大海中发现她那溺死的情人的尸体，而他，全身赤裸裸的，仰面朝天，脑袋向后垂去，被海浪卷着，像是一截折断了的树枝。

第三十二章

他相信上帝的审判，但不信灵魂不死。然而，按照普瓦伊的说法，只要他生活在罗马，他就时不时地钻进拥有真话之口的那个如此奇特的小教堂。

他摘下帽子，坐下来。

有时候，他还下跪。

每一天，即便是海风送来了雨水，即便炎热的雾气从河面上升腾而起，向着街墙和树木袭来，他还是要多走几米，一直走到法布里斯桥。他走下河岸，在废墟和水波旁穿行。他背靠在一棵树的树皮上，或者躲在浓密的枝叶丛中，或者栖身在一片老旧的石崖底下，看着鸭群和鹅群蹒跚行走在泥浆中，在灰色小山羊们的目光注视下，他凝望着台伯河，它的漩涡，它的激流，它那飞落在岩礁上溅起的白花花的泡沫。他隐藏在它低沉的声音中。

第三十三章

放在一个透明玻璃瓶中的一只人耳朵，出现在莫姆在罗马的财产清单上。

它同样也出现在普瓦伊所说的"镌版匠莫姆的八次心醉神迷"之列。

这只耳朵，从1655年到1702年，似乎一直待在莫姆作坊的三楼的大箱子里。

一个原籍马格德堡[1]的年轻人，生性喜爱男人，以外号奥艾斯特莱作为自己的姓氏。他在1640年代，在安特卫普，得到了亚伯拉罕·冯·贝尔凯姆的培养指点。他曾经在刚德镇的港口，与玛丽·艾黛尔为伴，等待着亚伯拉罕，而与此同时，亚伯拉罕和镌版匠莫姆，躲避了法国士兵的野蛮追捕，正试图通过海路前来跟他们会合。1651年

1　马格德堡在如今的德国。

春天，在奥蒂河上举行的放木排人的水中比武大赛中，奥艾斯特莱以陶器匠的名义参加了竞赛。他出人意料地夺得了桂冠，令所有的参赛者大为沮丧。于是，放木排的人们聚集在一起，违背了某些刚德镇民的意见，违背了内河船员们的意见，违背了泥涂采捕渔民们的意见，违背了出海渔民们的意见，违背了陶器匠们和锡器匠们的意见，决定取消比武大赛的结果。他们另外组织了第二次比武，这一次，奥艾斯特莱不得不忍受赌单手的条件，当然，他败下了阵来。人们把角斗者一只手绑在背上只用单手比赛叫作赌单手。在水面上，一只手被绑在背上后，就不可能顺利自如地搏斗了，因为那样一来，身体的平衡就变得太不稳定了。在每一条河上，似乎只有一个放木排的人才能成为当年的冠军。但是，放木排者和刚德港的行政长官的这一不公正举措，使得奥艾斯特莱禁不住怒火冲天，玛丽·艾黛尔也好，小旅店的店主也好，那些选他为冠军的陶器匠也好，谁都无法平息他胸中的怒气。

放木排的人沿着水流前行，手中握着搭钩，随时准备把漂浮在奥蒂河上的木排朝着河岸的方向拉过来。这一形象出现在银制的版片上，上面签署着这样的字样："4月。1665年。莫姆。雕刻。"[1]

1　原文为拉丁语。

那人突然转身朝向奥艾斯特莱，将手中的搭钩向他掷来。

一开始，奥艾斯特莱躲开了钩尖。

当奥艾斯特莱听到，袭击他的那个放木排人的呼吸节奏越来越急促，他便趁机出手，一举把他杀死。

奥艾斯特莱一直拍打着自己的耳朵。

当刚德的旅店主在退了潮却依然拍打着小船的水中发现了尸体时，他威胁着奥地利人要去叫英国士兵。

奥艾斯特莱使劲地打旅店主的耳光，前后打了整整一刻钟。

他指着桌子上摊开的一堆已经熨烫过的衣服，对他说：

"哪里洗的？洗衣坊吗？"

"是的。"旅店主回答道，脸红得像一朵牡丹花。

奥艾斯特莱特别不愿意穿曾在城里洗过的衣服。因为，在城里，都是一些丧葬洗衣坊。年轻的奥艾斯特莱把人们前去取水为死人作梳洗的洗衣坊，叫作"丧葬洗衣坊"。照奥艾斯特莱看来，这种水会给人带来厄运。他跑到邻村的一个旧货商人家里，在那里，他用他自己并不喜欢的一些衣服，交换来一些在刚德洗过的衣服。他甚至忍辱，在一个市民的家中偷了一件浅蓝色的衣服。然而，有一个曾亲眼看到这位小奥地利人杀死了放木排者的年轻人四处跟踪他。此人不断地盯他的梢，所有人都看到他在盯他的梢。没有一个货摊上，没有一扇窗户前，没有一家酒吧中，没有一个沙丘上的小酒桶旁，人们不见到他在问讯探听。玛丽·艾黛尔把那个尽说他坏话的男人指给了奥艾斯特莱看。

玛丽·艾黛尔悄悄地告诉奥艾斯特莱，说是她有了一个绝妙的主意。他便请她快说给他听。她便如此这般地对他说了一遍。他听了哈哈大笑。

一天，那个盯梢的人正蹲在陶器匠们的门口，耳朵贴在门上偷听呢。奥艾斯特莱，这位陶器匠中的比武冠军，便一步冲上去，把他的手脚摁住，一动不动地压在了那里。这时候，玛丽操起一把锤子和一枚铁钉，把他的耳朵钉在了门上。

那人就待在那里，蹲着，被钉着，动弹不得。全村人都跑来看他。甚至连那些锡器匠也过来一边看热闹，一边笑话他。他们脱下了他的鞋袜裤子，撕破了他的衬衫。他实在不知道怎么才能把那钉子拔下来，又不至于扯掉他的耳朵。他大叫着，让人来帮他拔钉子，但是谁都不敢上前一试。忍受不了这一残酷折磨的受害者便恳求一个过路的女人，请她把一块手帕盖在他脸上，好让人看不到他因委曲求全的姿势以及解在身子底下的排泄物而感到的羞愧。他的哀求让那女人的心软了下来，但是，她还是不敢去做，只是任他在那里苦苦央求，因为她害怕陶器匠们的冠军那满腔的愤怒。她自己也是一个锡器匠。最后，一个夜里，那人撕掉了他的耳朵走了，人们再也没有见过他的面。于是，所有人，在此之前一直因为这个小奥地利人的作风与众不同而看不起他的所有人，从那个日子起，都变得对他敬畏有加。但是，那些伐木人则对他恨之入骨。玛丽·艾黛尔把那只耳朵保留在一个粗陶的罐子中，用盐巴腌着，然后，又放进了一个玻璃瓶子中，那瓶子一直留在莫姆的作坊中，也不知道是出于什么原因，在罗马的清单中有所标明。而在这位镌版匠的手中，没有创作过任何关于耳朵的版画。

第三十四章

1666年6月8日，在罗马的郊野，年已四十九岁的镂版匠莫姆遭人袭击了。罗马弓箭手们陈述的一份证词，签着那个日期，还有十一个人的姓名，可以为此做证。那时候，镂版匠独自一人生活。他坐在乡野中，在废墟的乱石堆中间，背靠着一棵绿色小橡树的一段树干，大大的草帽遮盖了他的脸，也为那张脸挡住了阳光。他正做着梦。

一个年轻人惊醒了他，把他紧紧揪住，摁倒在干泥地上，一把尖刀戳进了他的后脖子，就要割破他的喉咙。

镂版匠闻到了一股血腥味。

他抬起眼睛，盯着要割他脖子的年轻人的脸。他瞧着他：他被他的脸上的线条震惊了。他凝视着他。他没有叫喊。很奇怪，他此时竟然想起了让·海姆克斯的一幅木版画，他是他在布鲁日时的师傅。在这幅木版画中，希尔德布兰特站在高举着武器的哈都布兰特面前[1]。父亲看到儿子正准备动手杀他。他看到，他的儿子没有认出他来。他在他儿子的目光中看到了正准备做出的致命动作。但是，父亲什么都没有说。年仅二十六岁的年轻人把刀尖刺入他的脖子。鲜血迸流出来。就这样，春天被认为诞生于冬天之中。

就在这一刻，一个人影带着一个旅行包，突然从他们头顶上的一簇接骨木树丛中窜出，朝山脚下飞奔而去，穿过一处处废墟、一丛丛荨麻、一窝窝荆棘、一根根倒塌的石柱、一株株生长不良的小橡树。

年轻人猛一下抛弃了已经被割破了脖子的莫姆，把他扔在山坡的尘土中。他一下子腾起身来。他开始飞也似的追逐起刚才一脚踹在他脖子上的那个人来。

---

1 这两个人物原本是八世纪时日耳曼英雄史诗《希尔德布兰特之歌》中的主人公，该史诗的主题是父子两人为荣誉而决斗的"英雄宿命"。年老的战士希尔德布兰特被年轻的哈都布兰特的挑衅行为所激怒，二人因此进行决斗，但后者并不知道这个老战士就是他的生身父亲。

第三十五章

　　莫姆躺在一个干草褥子上。这是牧羊人的一个茅屋，依然还是在罗马的郊野。一个医生正在给他的伤口包着白纱布，脖子上绕了一圈又一圈。镌版匠回想起先前的那一场景。他喘着气说："我想我在一生中都很嫉妒。嫉妒先于想象。嫉妒，是比视觉更强的视象。"

　　在他面前，是那个袭击他的二十六岁的年轻人。他被四个罗马弓箭手团团围住。他站立着，他脸色苍白，他美丽动人之极，他双手绑在背后，他连三个连贯的意大利词或者一句完整的意大利话都说不上来。

　　在他身边，有一个卖细陶器的零售商，正贪婪地瞧着他，目光中甚至还带着热情，试图救助他。

　　最后，年轻人用弗拉芒语对他身边的那个弓箭手说，他只会讲弗拉芒语，他不会说罗马人的语言。他用弗拉芒语说他搞错人了。他以一种错误百出的拉丁语，连比带画地喃喃说道："原谅我！原谅我！"

第三十六章

　　这时，莫姆突然地哭了起来，转身朝向墙壁。在昏暗的阴影中，他用弗拉芒语轻轻地问道："你从哪里来？"

　　"布鲁日。"

　　"你姓什么？"

　　"凡拉克雷。"

　　莫姆始终什么都不说。

　　凡拉克雷继续说道："我今天来到罗马。谁料想有人刚刚抢走了我的全部行李。我来这里，是为了寻找我的父亲。据说我的生身父亲生活在罗马。我知道他在朱丽亚街上卖他的销蚀铜版画。版画商拒绝告诉我他的地址。您是不是认识这位镌版匠？"

　　"不。我不认识他。"莫姆用弗拉芒语回答道，始终没有转过身来。

　　就这样，销蚀镌版匠躲藏在他自己的影子中。

这时，漂亮的年轻人，尽管他的双手捆绑在背后，还是双膝一跪，跪倒在草褥子前的硬土地上。他变得更为固执，继续用弗拉芒语问刚刚被他刺伤的那个人："那个镌版匠名叫莫姆。您认识他吗？"

　　"不。我不认识他。"莫姆回答道。

　　"被人抢走的那个包里，有一幅莫姆照着我母亲的形象而作的版画。我跟那版画上的形象是如此相像，以至于凡是见过那幅画的人，都会误以为那是我，"年轻人继续用弗拉芒语说道，"这一形象将彻底否定有可能落到我头上的任何争议，它将战胜人们的一切疑虑。可是，我已经把它给丢了。"

　　"人们兴许将找到抢您东西的那个窃贼，也将找到您丢的包。"莫姆说。

　　"我也希望如此！"年轻人高叫起来。

　　就在这个时候，佛兰德和荷兰的领事走进了农人的茅屋。

　　"我还是请您原谅我，先生，"漂亮的年轻人用弗拉芒语重复道，他还跪在地上，紧紧地挨着莫姆躺在上面的草褥子，"刚才，我真的以为您就是抢了我旅行包的那个人。"

　　与此同时，领事、医生和弓箭手们争吵了起来。

于是，莫姆把脸转向那群弓箭手，用意大利语对他们说："让这个年轻人走吧！"

但是，那四个弓箭手不甘心就此罢手。莫姆尽可能地抬起他的上身，终于艰难地从农夫的床褥上挺起身来。他满脸汗水。绕着他脖子的纱布被鲜血染得通红。他的眼中流出泪来。他的鼻子里流下了清涕。他抽噎着。他丑陋的容貌此时显得比平时更为吓人。他开始从他的紧身长裤中向外掏他的钱袋。他给了为他治疗的医生一枚金币。他给了弓箭手四枚钱币。一个弓箭手提溜着凡拉克雷的后脖颈，使劲地把他拽起来，解开了他手上的绳索。弓箭手还迫使医生撰写了一份报告，好带回军营作汇报。他们让卖细陶器的零售商签下了他的姓名，然后又让领事签。然后让神父签。接着，年轻的凡拉克雷也签了字。这时候，年轻人最后一次转身向着躺在干草褥子上的莫姆，他始终没有认出他来。他又一次跪倒在地，他亲吻镌版匠的手，他继续念叨着他那句难以辨别的"原谅我！原谅我！"，他突然重新站起来，他甚至都没有向佛兰德的领事致敬，也没有问候一下那些弓箭手，还有神父和卖细陶器的零售商。他已经出了门。母鸡咯咯地叫起来。他跑上了山岭。

第三十七章

　　他们让他的四轮华丽马车从阿文蒂诺山一直来到坡尔图恩西斯门。他们把镌版匠运到了他的府邸。他吩咐两个女仆关上大门，除了他的朋友克洛德，谁来都一概不见。当有人敲响大门，或者当有人轻轻挠响通向小街的、长满藓苔的院子门时，她们便再也不去开门了。只有克洛德·热莱晚上前来跟他见面。两个女仆则按照事先说定的特殊暗号，为他开门。她们帮这位患痛风的老画家爬上这个又老又狭窄的屋子里的石头台阶，一直到他走上阳台。她们送上葡萄酒和饭菜羹汤给这两个男人，然后便任由他们留在屋檐的阴影中，在清凉的晚风中，兴致勃勃地谈天说地。镌版匠莫姆渐渐消瘦下来。在他的喉咙受伤之后，一个囊肿便在他的声带后面生成，这大大地削弱了他嗓音的音量。他再也不能吃稍硬一些的食物，成天只能吞咽流食。

第三十八章

镌版匠莫姆与画家热莱的谈话。

"如果他不说出来他姓什么，我恐怕永远也不会明白，当那个年轻人在乡野中刺伤我脖子时，我心中的那一份欢乐到底属于什么性质。"

一开始，洛林人克洛德对销蚀镌版匠所说的话一点儿都不明白，但是任由他喃喃低语，因为他认为这样对莫姆更好，应该让他把心里话全都对自己这样一个在洛林地区有着许多亲戚的男人说出来。

"当他在我的头顶上大叫大嚷时，我在他的手上，还在他的气息中，闻到一种美妙的气味。我说的不是接骨木树丛。"

莫姆还说："罗马不再像以前那样水泼不进，针插不入了，往昔已经漫溢并穿越了城墙。"

然而，有一天，克洛德开始反驳道："您说的都是一些谜。对那个听您说话的人来说，这就够刺激的了。"

莫姆回答道："人到了一定年龄后，他所邂逅的就不是生命，而是时间。他不再看到生命在活着。他看到时间正在生吞活剥地吞噬生命。于是，心儿便揪紧了。他便依靠着一段段木头，以便再看到一点儿在世界各地到处流血的场景，以便不再在其中倒下。"

画家克洛德对他说，即便他说的那个句子是按照正确的方式构建的，他的话还是不算太清楚。

莫姆说："在人的心底有一个不可抗拒的黑夜。每天晚上，女人们和男人们都沉沉酣睡。他们沉浸在黑夜中，就仿佛黑暗是一种回忆。"

那是一种回忆。

有时候，男人们以为他们靠近了女人，他们看着她们脸上的表情，他们把胳膊伸向她们的肩膀，他们每天晚上转向她们的身子，他们紧靠着她们的腰身而卧，他们并不睡得更熟。他们只是黑夜的玩具，被看不见的场景牵着鼻子走，那场景孕育了他们，并把它的阴影带到各处，覆盖一切。

"您所讲的，我还是一点儿都听不明白。"克洛德·热莱回答他道。

莫姆抱怨他已经无法再作画了。他在为一本书画一幅卷首插图时，感到了前所未有的痛苦，这幅画表现的是一个哭泣的女人，她凝望着远方的一片平原，还有一匹小马。他答应过把这幅插图献给安娜–泰蕾丝·德·玛尔格纳[1]，作为她那本《关于礼貌、肉欲、谋杀以及种种欣悦的情感的杂感集》的卷首画。另一天晚上，他对洛林人说："我生命的基本使命已告完成。我第一次见到了两三件新鲜事。"

1　安娜–泰蕾丝·德·玛尔格纳·德·库尔赛尔（1647—1733），史称朗贝尔夫人，法国文学家、沙龙主持人。

第三十九章

原先已在镌版匠喉咙中落户的囊肿渐渐长大，随后又转移到了他的食道中，并开始压迫他的两个肺，引起了分泌物激增和发炎。他连续三次肺炎发作，令他疲惫不堪，还并发了支气管炎和轻微的干咳。于是，他写下了他的遗嘱，因为他以为发烧会随时要了他的命。

在格卢纳哈根的书中，格卢纳哈根说起过，莫姆在他生命的终点承认道："当我坐在我的铜版面前时，忧伤便涌上我的心头。我再也找不到时间，想象一种形象，或者不如说，把这形象在我的眼前捕捉住，以便将它复制下来。我的作品在别处。"

第四十章

　　克洛德·热莱一再坚持，要让人切开镂版匠莫姆的喉咙，而莫姆则执意不从。一天，他竟拒绝给带着一个理发师[1]前来拜访的克洛德·热莱开门，女仆们已经接到他的命令，只允许洛林人一个人进来，仅仅是他一个人。莫姆还对女仆们说，他害怕一个陌生人，胜过害怕任何其他人，他真的非常害怕这样的一个陌生人，美丽而又动人，手中还掌握着一个人的肖像。说实在的，镂版匠固然是身上有病，然而他内心的情绪则更为消沉沮丧。他决定离开罗马，这个曾经把他作品中最生动、最幸运的那些形象付诸一炬的城市。画家热莱由他独自一个人滔滔不绝地说着。他心中清楚得很，镂版匠的理由全是一些老生常谈，任凭

1　在西方，古时候，擅长手握剃刀给人刮脸的理发师，往往兼做外科医生，至少会给人放血治病。

他说破大天，结果还是白费口舌。因此他还是坚持实话实说，但是镌版匠一再重复道："我不知道，为什么我的脑子里再也没有了鲜活的形象。这就是实话。这正是我痛哭流涕的理由。"

但是，莫姆的话并不起什么作用，克洛德怀疑他的朋友说的不是真话。

莫姆的三层楼小房子所坐落的那条小街，正好在台伯河之上，对着真话之口的那个小教堂。

有一天，洛林人说："我的同行，我倒是希望我们俩一起出去，走到河边，走到那个真话之口前，您把您的胳膊伸进那个口。我希望看到，您的手是不是马上就会被上帝的牙齿一口咬下！"

克洛德哈哈大笑，但莫姆没有笑。他始终板着一张严肃的脸，肯定地认为，无论人们说了什么，他们都是在撒谎。人们总是在撒谎，尤其因为人们往往付出更多的努力或者更多的精力来维持真话。"我的朋友，您要知道：任何人撒谎时，都不是完全彻底地在撒谎，这才是一句真话。"

第四十一章

1667年6月，英国舰队在泰晤士河上被彻底摧毁。[1]12月15日，科隆条约签订。12月16日，镌版匠莫姆又在乌得勒支口授了他的第二份遗嘱——他嘟嘟囔囔得更厉害了。他的喉咙几乎已经被堵死。公证人和卡特琳娜·冯·洪特霍斯特俯身站在床前，他们的耳朵几乎碰到了他的嘴。从夏天以来，他不再吃任何食物。18日，他又补充了一条追加条文，提到了玛丽·艾黛尔的名字。无疑正是因为遗嘱中这一追加的条文，卡特琳娜·冯·洪特霍斯特请来了玛丽。他没有认出她来。突然，他在仆人送来的蔬菜泥——他拒绝食用——的表面，描画了春天里的一条小葡萄藤。

过了不一会儿，他又一次请人把蓝色纸和白垩石给他

1　1667年6月18日，荷兰舰队在泰晤士河上炮击英国兵火库。7月，联合省(荷兰)、英国、丹麦和法国在荷兰的布雷达签订了和约，英国国王查理二世同意荷兰人在北美的新阿姆斯特丹（即今天的纽约）建立殖民地。

拿来。

他又描画起来。他画了：在悬崖脚下，在路上，一个农民从田里返归，肩上扛着铁锹。在小榆树下支起的桌子旁，奥艾斯特莱和莫姆在划拳。母鸡啄食。一个小姑娘弯着膝盖蹲在那里撒尿。

他是在乌得勒支，往蓝纸上画下了阿尔诺河上一艘黑色的双桅战船，停在圣三一桥和通车桥之间，[1]这幅画乍看起来兴许是那么有悖常理。四个划桨手投身于激烈的水上比武。一具尸体漂浮在水面上，附近有一个年轻女郎在一艘平底小船中哭泣。

他突然开始对一个死去的女人说起话来。他念叨到了娜妮的名字。他说："哦！我梦中的秘密是一个不断返回的身体。一个曾经被我的脸吓得半死的女人。那时候，我生命中最重要的一部分内容一去不复返。我保留下了当她的眼睛向我转来时她的目光，但是她拒绝与我分享她的生活。我不得不离开她游走他乡，但是，在每一个梦里，在每一个形象里，在每一片波浪中，在所有的景色中，我都看到她身上的某种东西，或者来自她的某种东西。在另一

1　阿尔诺河是意大利的一条河，流经佛罗伦萨，注入地中海。圣三一桥和通车桥均在佛罗伦萨。

种外表下，我吸引并诱惑了她。"正是在那些时间里，对她的记忆转入了麻木的状态中。卡特琳娜，已故的黑夜的杰拉德以前的嫂子，前来找到了玛丽·艾黛尔，并告诉她说，那个垂死的人提到了某个叫娜妮的女人。玛丽的脸色一下子变得苍白如纸。随后，她就被一种嗓音低沉的狂怒攫住。她狠狠地说："自从我出生以来，我还从来没有见过有什么男人，会把自己全身心地交给他所爱的女人。我也从来没有见有什么男人，会在他的伴侣那里寻找某种臣服、舒适、芬芳、滋养、赞同的东西，寻找温暖而又柔软的一种外壳，他那生殖的一部分，对母亲的一种回忆。不在场的女人们始终存在。不在场的伟大女人们一天比一天更为高大，她们的影子变得更为浓密。曾经失去的永远有理。我，我把一种肮脏的欺骗叫作爱情。"于是，她来到莫姆的房间，五十岁的镂版匠已经奄奄一息，她把他的脑袋抱进怀中，摇晃着他，直到他最终咽气。他的灵魂就这样归了天。他死后，她并没有哭，但是，来到卡特琳娜家中的所有人，都看得出来，玛丽·艾黛尔的心中有多么悲伤，而这并不是由于圣诞仪式的禁食。人们或许会想到，她是被人抛弃了。

第四十二章

莫姆的最后两个梦。

他挨近窗户。窗上的方玻璃被铅制的小棍子分隔着，铅棍上蒙着一层灰色的藓苔。远处是港湾。天正下着雨。

只有四条船，停靠在海湾这一边的木头浮桥旁。其中一条船的船壳是全蓝的。暗色水面上的一片碧蓝。

这就是第一个梦。它是彩色的。

最后一个梦，黑白的：做梦的人瞧着卢浮宫那布满阴影的正面宫墙，奈尔高塔[1]，桥，黑乎乎的水。万物都在沉睡中。

他吃了一块蜂窝饼。

1　奈尔高塔在巴黎的塞纳河左岸，与卢浮宫的高塔隔河遥遥相对。

第四十三章

当镌版匠莫姆还在这个世界上的时候，就在他生命的最后那几个日子里，由于饿坏了，记忆已经丧失，他再也认不出人的脸来。他在被单底下做出一些奇特的动作，说话就像苍蝇那样嗡嗡响。镌版匠莫姆在他生命的终点经历了多种疲惫，为思维的障碍而痛苦不堪。他感受到极度的忧愁，以及随之而来的长久寂静。他突然对周围的人产生了一种切齿的痛恨。他说那些苍蝇在对他说话，这令他惊诧不已。在他们为他准备一次晚餐——但他拒绝吃饭——时，一只苍蝇飞来，停在了碗边。那苍蝇，正在贪婪地舔吃一点点肉汤，突然抬起了脑袋对他说：

"你现在到底是人还是鬼？"

"我不知道，"莫姆回答它道，"那么你呢？"

"我自己也不知道。但是我倾向于认为，我还活着。"那苍蝇说道，继续津津有味地舔着肉汤。

莫姆摆了摆手，拒绝了仆人们递给他的刀叉，又对苍蝇说：

"我嘛，我想我差不多算是活到头了。老祖宗们来招呼我了。我把我失去的女人始终留在我心中。她也来招呼我了。她甚至已经变成了一个年轻的小伙子，从阿文蒂诺山上的一丛树影中扑到我的身上。别人的目光也在招呼我，在掐我的脖子，我是那么的难为情。我已经不是真正的我自己了。也许正因为如此，我可以说我是一个鬼吧？"

"如此说来，我还是愿意当一只苍蝇。"苍蝇对他说。

24日，在圣诞仪式的第三次祭礼中，当所有人都禁食时，他终于撒手人寰，从8月份以来连一口饭菜都没有进过肚子。

第四十四章

　　莫姆在他生命末期绘制的销蚀镂版画，都不是经他自己的手镂刻和印刷的。也许正是因为如此，画中的黑暗显得更为柔和。第一幅夜景画如下：右侧，在一棵柳树旁边，玛丽·艾黛尔盘腿而坐，手中拿着一个蜡烛盘；中间，站着那个旅店主，手中高举一盏油灯；在他的边上，陶器匠背靠着一条用绳子系在河岸的小船，接过油灯，准备放在船舷上；所有这三个人都照亮着一个全身裸露的年轻人（奥艾斯特莱），他正在河里寻找什么。

　　这条河是奥蒂河。

　　铜版上的画出自莫姆之手。销蚀的版是在他死后做的。印刷的效果很暗，但天鹅绒一般光滑。这可不是黑版法创作出的形象。

　　一盏油灯，一口盛满了油的陶土锅，一根灯芯，一块铜版，两把雕刻刀，一只瘦骨嶙峋的手，黑夜。

正午，太阳当空垂直照在河面上，一些士兵排着队过桥。

第四十五章

"罗马公民销蚀雕版家莫姆先生的清单"包括两页对开的纸，而且奇怪地注明了下一个世纪的版期（1702）。

在这位销蚀镂版匠死后，人们发现他很富有：一百来件漂亮的首饰。同样数量的著名油画和素描，能卖二十二万法郎。在罗马的一座值一万六千法郎的房子，以及在萨莱诺海湾的上方的一座农庄，带有葡萄园和农田，整个庄园估计值上四千法郎。没有分毫欠债。两张床，两个画架，两个大箱子，四张桌子，四把长凳子，同样多的短凳子。一辆铺着黑色哔叽料子的四轮华丽马车。一件外套，两件厚呢子上衣，四件衬衫以及三条短裤。

两匹马被卖了。

一只猫给了一个女仆。

"镂版匠莫姆，罗马城的公民，师从福兰学绘画。他在图卢兹师从人称宗教改革派分子的吕伊学习制作扑克牌的基础知识以及绘画中的阴影技术。他在布鲁日师从让·海姆克斯学铜版雕刻和销蚀镂版技术。他在到达罗马后，在克洛德·热莱的作坊中学习镂刻自然风景画。他天生擅长一种对冷静与耐心有着特殊苛求的艺术。他的脸被硝镪水烧坏了。他从来不画油画。达雷[1]通过交叉刻纹来获得阴影，梅朗通过挖凿平行的槽纹，莫姆则通过并置奇特的小字母。每块铜版他索价一万英镑，版画定价半个英镑，印得的形象再减半。他拒绝制作灰线条的画边文字、花藤饰、纹章、标题、花叶饰、边饰、尾花。只有一幅莫姆的肖像，表现为坐在罗马的郊野中，沐浴着同样也洒在正低头吃草的羊群身上的夕阳光辉，脸上的线条像是一个正专心致志地读书的圣约瑟的，左手摁在一堵破旧的墙上，手指头摸着羊耳朵，想必是阿布维尔的普瓦伊的手笔。下方右侧写着：'弗·普瓦伊雕刻。主在广漠中牧羊。'[2]他的第一号朋友是克洛德·热莱。尽管克洛德·热莱出生比他早，却在他死后又多活了十五年；他跟他一样也出身于一个洛林人的家庭；米歇尔·拉纳是诺曼底人；维延是弗拉芒人；亚伯拉罕·冯·贝尔凯姆是荷兰人；鲁

1　达雷（约1404—约1470），意大利画家。
2　原文为拉丁语。

普莱什是巴拉丁领地的人；洪特霍斯特则是乌得勒支人。他根据一份契约教了图尔人亚伯拉罕·博斯[1]两个季度。亚伯拉罕·博斯在罗马待了两个季度，却没有人知道这件事，因为他是个新教徒。他以阿基拉[2]的名字在罗马接受他的教授。亚伯拉罕·博斯选择这个名字是因为，在《圣经》中上帝曾对约伯作过这样的警告：'Et ubicumque cadaver fuerit, statim adest aquila.'[3] '哪里有尸体，老鹰就在哪里。'（《约伯记》39:30）在巴黎，镌版匠莫姆从住在西岱岛上的乐器商帕尔杜那里得到颜料，因为这是人们最难找到和获得的东西。他发现，乐器商们的黑颜色在雕版印刷时，会留下一种如此生硬的线条，以至于连在这门技艺中最老到的艺匠也会把它跟尖刀线相混淆。镌版匠莫姆把这一技法教给了博斯先生，后者在他的书中对此有所记载。卡特琳娜·冯·洪特霍斯特让人在他的墓碑上刻写了这样的拉丁字母：'他英年而逝，为了上天，但不为死神。他的英名永世长存。Stabit in aeternum nomen.[4]'"

1　亚伯拉罕·博斯（约 1602—1676），法国画家、版画家，出生于法国的图尔。

2　阿基拉（aquila）在拉丁语中是"老鹰"的意思。

3　拉丁语，其意思见下一句的译文。

4　拉丁语，其意思即"他的英名永世长存"。

第四十六章

.

镌版匠莫姆的雕刻手法变得如此灵巧，有时候，在一块铜版上画完图案之后，他会拿起他的小雕刀，在有碍视觉效果的空白处，镌刻下一些小小剪影的雏形，或是植物，或是昆虫，或是沙砾岩石。

很少有销蚀镌版匠，能看出由它们所构成的画面的对称性来。

他习惯于站着创作，身子俯向前，半趴在桌子上。连续好几个钟头里，他把温热的油墨往他的铜版上涂，从来不让它沾上画刷。

他把铜版片在烛火旁弄黑。

镌完版之后，他把木头的画架支起来，把装有硝镪水的液槽摆在脚边，把铜版搁上画架，泼上硝镪水。

这时候，他开始用一根鸽羽笔轻轻地抚弄硝镪水，以促进雕版的腐蚀。

打着他那门艺术的旗号，这位销蚀镂版匠，同时也是铜版雕刻匠，跟那时候众多的艺匠一样，在完成了构思和创作之后，便把那些更为陈旧的作品出售给早已在他们身边垂涎三尺的识货的收藏家。

格卢纳哈根叙述了莫姆在1652年的这段话："人们应该看待镂版匠们如同那些翻译家，他们把一种丰富而又精彩的语言的美，在另外一种的确不那么丰富、不那么精彩，但拥有更多暴力的语言中转达了出来。那种暴力当即就迫使面对这一语言的人沉默无语。"洛林人莫姆的这一番肯定似乎回答了阿布维尔城的梅朗的话，因为后者说过，他总是以更多的热情、更大的自由来雕刻版画，而这些，是画家们所无法表现的，画家们往往被他们绚丽灿烂的色彩和诱惑别人的意图所奴役。梅朗甚至还说过："是大量的脂粉和充沛的色彩，导致了凡人们从第一个果子起的失败。"

五块铜版题献给玛丽·艾黛尔，反正，版画上签署的文字就是这样的。一个老太婆的背影，她坐在一把凳子上，伸出双手在一盆炭火上烤火。在她身边有一只猫。她的腰带上挂着两把钥匙。她的右手伸出来，放在左手之上，手背上待着一只蜗牛，蜗牛慢慢向前探出脑袋，挺起它那小小的触角。这幅版画很奇特。

太阳高高地挂在天顶。阳台上，人们可以看见罗马城中鳞次栉比、参差不齐的屋顶。阳台的屋檐荫护了一张有六条腿的长桌子，桌子上放着两块上了颜料的铜版。桌子台面底下，有一些存放酸液的槽子。在室内，有另一种光线透出，光源来自一个带菱形玻璃的窗户。在石头窗台的右边，从一个华盖上垂下来的帷幔遮盖了床和大箱子，那上面有绣着荷马史诗图案的挂毯。在窗前，一张四条腿的桌子上空空如也。两把用来待客的靠背椅子倚墙摆放。一个壁炉，带有铸铁的铁板。房间中其余的地方一片空荡。

不知羞耻的女人。充满欲念的朱庇特俯在熟睡中的安提俄珀的身体上。[1]忒拜国王的女儿的胳膊弯曲在脑袋上，她的嘴巴大开着，她的大腿大开着，她的身体似乎很幸福，但她的脸上没有一丁点的幸福，满是恐怖的表情。她的目光中闪烁着某种东西，像是尼克透斯的嫉妒。就在安提俄珀的阴部上方，奥林匹斯山的大神探出了脑袋。他打量着美貌动人的年轻女郎的性器官。神的右手拉住了床的帷幔。其余是一片黑暗。销蚀用的酸液和铜版雕刻针。

不知羞耻的女人。黑版法。正面而视的人物，在一个

---

1 安提俄珀是希腊神话中忒拜国王尼克透斯的女儿，以美貌著称。宙斯（朱庇特）诱惑她，跟她生下安菲翁和仄忒斯。

椭圆形中，一个跪在地上，另一个坐着。后者把他的帽子拿在右手上。他的脑袋，向前倾着，只让人看见一大团头发。肚子是袒露的。那女人双膝跪地，姿态优美，伸长着脖子。在右边，有一道帘布，让人可以看到一个书柜上一层层的架子。

乡野中的卢浮宫和新桥，沿河一片绿树浓荫，各种小动物悠闲地待在明媚的阳光下。雕刻得极其精彩。

第四十七章

　　玛丽·艾黛尔对卡特琳娜·冯·洪特霍斯特讲述了莫姆的童年生活。莫姆的祖母用最终被人肢解了的孔奇尼[1]一指深的血为孩子做了洗礼，希望孩子强壮无比。他喜爱黑色的葡萄酒，常常喝个一醉方休。他让自己慢慢死去。莫姆于1617年的春天诞生在巴黎。他是洛林人。他说："孩子们的脸是没有准的。"因此他从来不画他们。过了五十岁，他的脸绷得很紧，变得很奇怪。他非常消瘦。眼睛依然闪闪发光，像是婴儿和青蛙的眼睛。很大的灰色圆球，但是人们不知道里面流露着什么。它们在一汪漆黑的水中过着它们的生活。这非常强烈，但人们无法说出，是不是

1　孔奇尼（1575—1617），意大利冒险家，曾在法国国王路易十三的宫廷中干预朝政，一度任法国元帅，发动过两次叛乱。最后被法国的王家卫队枪杀在卢浮宫的吊桥下，尸体遭肢解。

有痛苦，或者是不是有饥饿，或者是不是有忧虑，或者是不是有撕心裂肺的愤怒栖居他的眼睛后面。他脸上的伤疤越发增加了他表情的没准头。

iHuman

成
为
更
好
的
人

PASCAL QUIGNARD
Tous les matins du monde

世间的每一个清晨

[法] 帕斯卡·基尼亚尔 —— 著

余中先 —— 译

GUANGXI NORMAL UNIVERSITY PRESS
广西师范大学出版社

·桂林·

世间的每一个清晨
SHIJIAN DE MEI YI GE QINGCHEN

Tous les matins du monde par Pascal Quignard © Éditions Gallimard, 1991
著作权合同登记号桂图登字：20-2019-130 号

图书在版编目（CIP）数据

世间的每一个清晨 /（法）帕斯卡·基尼亚尔著；
余中先译. —桂林：广西师范大学出版社，2019.10
（2021.3 重印）
（罗马阳台 世间的每一个清晨）
ISBN 978-7-5598-1962-8

Ⅰ. ①世… Ⅱ. ①帕…②余… Ⅲ. ①中篇小说－
法国－现代 Ⅳ. ①I565.45

中国版本图书馆 CIP 数据核字（2019）第 144170 号

广西师范大学出版社出版发行

（广西桂林市五里店路 9 号　　邮政编码：541004）
（网址：http://www.bbtpress.com）
出版人：黄轩庄
全国新华书店经销
深圳市精彩印联合印务有限公司印刷
（深圳市光明新区白花洞第一工业区精雅科技园　邮政编码：518108）
开本：787 mm × 1 092 mm　1/32
印张：7.375　　　　　字数：124 千字
2019 年 10 月第 1 版　　2021 年 3 月第 2 次印刷
定价：45.00 元（全两册）

如发现印装质量问题，影响阅读，请与出版社发行部门联系调换。

第一章

　　1650年春，德·圣科隆布夫人去世。她留下了年仅六岁和两岁的两个女儿。德·圣科隆布[1]先生陷于丧妻的悲痛中难以自拔。他深爱她。正是在这种情况下，他创作了《哀悼曲》。

　　他跟他的两个女儿一同住在一幢带花园的房屋中，花园朝向比耶弗河[2]。花园狭窄而又闭锁，一直通向河流。河岸上长着杨柳，河畔泊有一只小船，天气温和的晚上，圣科隆布喜欢坐在那里面歇息。他并不富有，却也不至于抱怨生活贫困。他在贝里地区拥有一片土地，这为他带来一份微薄的收成，还有葡萄酒，用来换取衣物被单，有时

1　圣科隆布先生历史上实有其人。让·德·圣科隆布（Jean de Sainte-Colombe，约1640—1700），法国作曲家、提琴演奏家，以教授演奏维奥尔琴而闻名退逊。据记载，他在维奥尔琴上增加了第七根弦。
2　比耶弗河不大也不长，流经巴黎远郊的伊弗林地区，最后流注到巴黎的地下水道中。

候还有猎物。他狩猎时手足笨拙，他讨厌在悬垂于深谷之上的森林中东奔西跑。他的学生付给他的钱补贴了他的家用。他教维奥尔琴[1]，那年头维奥尔琴在伦敦和巴黎风靡一时。这是一个赫赫有名的大师。他的家中有两个仆人，还有一个负责照顾小孩子们的厨娘。德·布雷先生，一个属于经常光顾王家港修道院[2]的社团的人，教孩子们读书认字，识数计算，学习神圣教会的历史，以及有助于理解历史的艰涩难懂的拉丁语。德·布雷先生住在圣多米尼克地狱街的死胡同里。是德·蓬卡雷夫人把德·布雷先生介绍给圣科隆布的。后者自己，从女儿们尚年幼时，就给她们灌输乐理知识，教她们辨音识谱。她们唱得很好，真的具有音乐天赋。当多娃萃特长到五岁，玛德莱娜有九岁时，一家三口便尝试小小的三重唱，这事说起来容易，实践起来却确实有不少困难，而他则为他的女儿们解决困难时所表现出的那种优雅深感高兴。那时候，小姑娘们长得更像圣科隆布，而不那么令人联想到她们母亲的相貌；然而，对后者的回忆在他心中却完好无损。她离世三年之后，她的形象始终浮现在他的眼前。五年之后，她的嗓音始终呢

1　维奥尔琴（viole）是一种古提琴，类似于大提琴，但有六根弦。

2　王家港修道院在巴黎，当年曾是天主教非正式派别詹森派的大本营。现在，王家港修道院已改建为巴黎的妇产医院。

喃于他的耳畔。他时常沉默寡言，既不去巴黎，也不去茹伊。德·圣科隆布夫人去世两年后，他卖掉了他的马。他实在无法忍受自己的遗憾，妻子一命归天的那一刻，他竟然不在她跟前。那时他在已故的伏格兰先生的一个朋友的床头，此人希望能伴随着一点点普伊赛葡萄酒和音乐走向死神。这位朋友的生命之火在午饭后熄灭。德·圣科隆布先生，坐着德·萨弗勒先生的四轮马车，午夜之后回到家中。他的妻子已经换上了寿衣，被蜡烛和眼泪所包围。他没有张开嘴，但他再也看不见任何人。通向巴黎的道路那时还没有铺石块，需要步行足足两个钟头才能赶到城里。

圣科隆布把自己关在家中，全身心投入音乐之中。他成年累月地专研维奥尔琴，成了一个著名的大师。妻子仙逝后的两个季节中，他每天都练习达十五个小时。他让人在花园中造了一个棚屋，就在一棵德·苏利先生[1]时代的大桑树的枝叶丛中。只要爬上四个台阶就能进屋。这样他就能专心致志地工作而不影响孩子们的学习和游戏，或者在吉袅特，就是那个厨娘，让她们躺下后不妨碍她们睡觉。他认为音乐会妨碍那两个小姑娘在黑暗中的聊天，妨碍她们早点入睡。他探索出一种把握维奥尔琴的不同方式，把它

1　德·苏利公爵（1560—1641），法国政治家。

来在两膝之间，而不是让它靠着腿肚子。他给乐器增加了一根低音弦，使之有可能奏出更低沉的音，并能产生一种更忧郁的调子。他改善了运弓技术，减轻了手底的分量，同时依靠食指和中指，只是在马鬃上稍加压力，这样做完全得凭借一种惊人的精湛技艺。他的学生之一，神父科姆·勒布朗，说他能够模仿人类嗓音的千变万化：从一个年轻女郎的哀怨叹息，到一个老年男人的悲愤呜咽，从纳瓦拉的亨利[1]的战争呐喊，到全神贯注地画画的孩子温柔的呼气，从因兴奋的刺激而导致的嘶哑的喘气，到一个聚精会神地做祷告的男子那几乎哑默的、很不和谐的、也不厚重的低音。

1　纳瓦拉是历史上西班牙北部和法国南部的一个王国。纳瓦拉的亨利即亨利四世（1553—1610），法国国王，同时也是纳瓦拉的国王。

第二章

　　天气一转冷，通向圣科隆布家的道路就变得泥泞不堪。圣科隆布对巴黎，对砌石路面上木底鞋的呱嗒呱嗒声，对马刺的叮叮当当声，对马车车轴的吱扭吱扭声和大车铁轮的咣当咣当声满心憎恨。他有些丧心病狂。他用蜡烛盘的盘底，拍扁了六角锹甲虫和鳃角金龟子：这样做会发出一种奇怪的声音，在金属稳当的压力下，昆虫的上颚或者鞘翅慢慢地噼啪爆裂。小姑娘喜爱看他这样做，从中享受快乐。她们甚至还给他带来瓢虫。

　　这男人并不像人们所描绘的那样冷漠无情，他实在拙于表达自己内心的激情，他做不出孩子们渴望已久的抚爱动作，他也不能跟任何人把一番谈话持续下去，除非是跟博然先生和朗斯洛先生。圣科隆布当年上学时曾与克洛德·朗斯洛为伴，有时，在德·蓬卡雷夫人请客的日子，他也能在她府上见到他。从体貌上说，这是一个高个子，精瘦精瘦，面色蜡黄，性情暴躁。他的脊背总是挺得笔直，直得有些惊人，目光凝定，嘴唇紧闭，一片压着一片。他时时处处总有些麻烦，但他善于苦中作乐。

他喜欢一边喝着酒，一边跟他的女儿们玩纸牌。每天晚上，到了这玩牌的时候，他就抽起了一柄阿登人[1]的长长的土烟斗。他很少孜孜不倦地追时髦。他像战争期间那样，留着卷成一团的黑头发，当他出门时，便在脖子上戴一个皱领。青春年少时，他曾被引见给如今已故的国王，可是从那一天起，也不知道是为什么，他的脚就再也没有踏进卢浮宫一步，也没有光顾过圣日尔曼[2]的老城堡。他的服装从来没有离开过黑颜色。

他既能暴烈如钢，易怒如火，也能温柔似水。当他在夜里听到女儿的哭声，他会手擎着蜡烛走上楼梯，跪在他的两个女儿身旁，吟唱道：

　　玛德莱娜孤零零地待在洞穴

　　日日夜夜地抽泣叹息……[3]

1　阿登是比利时的一个地区。

2　圣日尔曼-昂-莱在巴黎的西郊，有法国王室的城堡和宫殿。

3　原文为拉丁语。

或者：

他贫穷地死去而我却活着就如他死去

黄金

熟睡

在国王依然嬉戏着的大理石官殿中

有时候小姑娘们也会问，尤其是多娃萘特：

"妈妈是什么样子的？"

于是，他会大惊失色，嘴里再也掏不出一句话来。有一天，他对她们说：

"你们应该善良。你们应该勤奋。我为你们俩感到高兴，尤其是为玛德莱娜，你比妹妹更乖。我很怀念你们的母亲。我对我妻子的每一点回忆，都是一份永远也无法再觅得的快乐。"

另外有一次，他请求她们原谅，因为他总是无心谈及那些往事。他说，至于她们的母亲，她常常谈笑风生；而说到跟他有关的事，他则懒得付诸话语，而且他也不甚乐意跟人交往，也不太愿意读书和谈话。甚至连沃克兰·德·伊弗托以及他老朋友们的诗歌，也从来不完全对他的胃口。他曾经跟德·拉佩蒂蒂埃先生有联系，后者曾是红衣主教的保镖，后来离群索居，替代马雷老爹先生，当了那些先生的鞋匠。他对绘画也同样，还有对博然先生。德·圣科隆布先生并不赞扬德·尚拜涅先生[1]那时候作的绘画。他评价它忧郁多于严肃，简洁却流于贫乏。对建筑，或者雕塑，或者机械艺术，或者宗教，也是同样，如果没有德·蓬卡雷夫人的话。说真的，德·蓬卡雷夫人弹得一手好诗琴和双颈诗琴，她没有把这种天赋完全贡献给上帝。她时不时地给他派来她的四轮马车，因为她无法长久地断了音乐，她请他来到她的府邸，来为她的双颈诗琴伴奏，直到累得两眼昏花。她拥有一把国王弗朗索瓦一世时代的黑色维奥尔琴，圣科隆布爱不释手，仿佛它就是一件来自埃及的偶像。

　　他会无缘无故地发火，这给孩子们的心灵中塞进了恐怖，因为，当他怒不可遏地发作时，他就使劲地砸家具，大声嚷嚷着："啊！啊！"仿佛他喘不过气来。他对她们要求苛刻，生怕她们从他这个又当爹又当娘的男人那里得不到良好教育。他十分严厉，有机会就惩罚她们。但他不会斥责她们，也不会动手打她们一下，更不会举起鞭子来。因此，所谓的惩罚，就是把她们关进储藏室或者地窖

1　德·尚拜涅（1602—1674），原籍弗拉芒的法国画家。

中，把她们丢在那里不管。最后总是由吉裳特，即那个厨娘来收场，由她出面把她们放出来。

玛德莱娜从来不会抱怨。面对着她父亲的每一股怒火，她总是像一艘倾覆后又出人意料地继续滑行的海船：她不再吃东西，躲避于她的沉默中。多娃萘特则奋起反抗，冲着她父亲嚷嚷，毫不相让。随着她渐渐地长大，她的特征也越来越像德·圣科隆布夫人。而她的姐姐，因为害怕，鼻子总是低低地冲着地，一句话都不说，到后来甚至连一口菜汤都不想喝。此外，她们很少见到他。她们总是在吉裳特、帕尔杜先生和德·布雷先生的陪伴下生活。或者，她们到礼拜堂去擦洗小雕像，掸掉蜘蛛网，摆上鲜花。吉裳特，这个原籍朗格多克的厨娘，习惯于把头发披散在背后，常常把树枝撅下来为她们做钓竿。她们仨，一旦等来一个大好晴天，便兴冲冲地去钓鱼，带上一条线、一个钩子，还有一张油光纸，用来看鱼儿是不是上钩，她们把裙子卷得高高的，把赤裸的双脚伸到淤泥里。她们从比耶弗河中带回晚餐时要吃的鱼，这些鱼将要裹上一点面粉，放在油锅里炸，再浇上用德·圣科隆布先生的葡萄园出产的劣酒酿成的醋。每逢这个时刻，音乐家就把自己关在棚屋中，一连好几个钟头久久地坐在他的凳子上，屁股底下垫上一条热那亚出产的旧得已被磨损的绿色法兰绒布。德·圣科隆布先生把棚屋叫作他的"伏尔德"。伏尔德是一个旧词，它指的是河边柳荫下的潮湿地。在他的桑树上方，在杨柳树面前，他脑袋挺得直直的，嘴唇紧闭，上身微微俯向乐器，手游荡在套环之上，以孜孜的苦练完善着他的实践，一阵阵的曲调或者诉怨声从他的手指头底下流出。当它们一再返回，或者当他的头脑被它们所萦绕，当它们在他那形单影只的床上牢牢地纠缠住他时，他便打开他那红色的谱本，匆匆地将它们记下，然后便不再关注它们。

第三章

当他大女儿的身材刚刚长到能够学拉维奥尔琴时，他就教她把握音位、和音、琶音、装饰音。年幼的小女儿则因为父亲答应了姐姐却拒绝了她而大发雷霆，暴跳如雷。无论是饿饭，还是关地窖，都无法让多娃萘特屈服，都不能熄灭她心中熊熊的激情之火。

一天早晨，曙光还未露面，德·圣科隆布先生就起了床，沿着比耶弗河一直走到大江，又沿着塞纳河一直来到多菲内的桥头，整整一天他都在跟帕尔杜先生交谈，后者是他的弦乐器制造商。他跟他一起谋划。他跟他一起算计，直到夕阳西下才回家。复活节时，当礼拜堂的钟声敲响后，多娃萘特在花园中找到一口奇特的钟，它像一个幽灵似的包在一块灰色的哔叽布中。她掀开布料，发现一把尺寸缩减了一半的维奥尔琴。这是一把跟她父亲和她姐姐的琴式样一样的维奥尔琴，也是那的令人眼羡，但是它要更小些，就像是站在大马身边的驴驹于。多娃奈特不禁乐得心花怒放。

她面色苍白，像牛奶一样，她扑到她父亲的膝下哭了开来，因为她实在太幸福了。德·圣科隆布先生的性格，还有他从不喜形于色的习惯，使他陷于一种极端的难为情中，尽管他心中恰似倒海翻江，他的脸上依然毫无表情，煞是严峻。只有在他创作的音乐中，人们才能发现隐藏于他脸皮底下，在他罕见而又僵硬的动作后面的内心世界的复杂与微妙。他一边喝着酒，一边抚摩着他女儿的头发，她的脑袋埋在他的紧身短上衣中，她的脊背一抽一抽地动着。

很快地，圣科隆布家的维奥尔琴三重奏音乐会就闻名遐迩。那些跟德·圣科隆布先生学拉维奥尔琴的年轻贵族老爷和富裕市民家庭的儿子都渴望能前来聆听。那些属于行会的音乐家，或者对德·圣科隆布先生抱有敬意的音乐家，也纷纷慕名而来。主人甚至不得不每半个月就组织一次音乐会，它开始于晚祷时分，而它会持续上四个钟头。在每次晚会中，圣科隆布都试图让人们听到他们的新作。然而，父亲和女儿们尤其热衷于即兴演奏维奥尔琴三重奏，它们是那么的透着学问，无论音乐会的来宾中有谁建议什么样的主题，他们都能信手拈来，娓娓奏出。

第四章

    凯涅先生和尚博尼埃先生就常来参加这类音乐晚会，并对它们赞不绝口。贵族老爷们对此也纷纷表示出莫名的兴趣，有时候人们甚至能看到十五辆四轮马车停在泥泞的路上，外加套车的马，把旅行者和商人前往茹伊或者特拉普的道路塞了个水泄不通。连国王都架不住人们老在他的耳边吹风，也执意想要听一听这位音乐家和他女儿们的演奏。他急遣凯涅先生——他是路易十四册封的御前维奥尔琴演奏师，属于王室的成员——前去邀请。是多娃萦特匆匆赶来打开了能通马车的院子门，把凯涅先生迎进花园。德·圣科隆布先生，因为有人打扰了他的隐居生活而怒气冲冲，脸色煞白地走下了他那棚屋的四级台阶，向来者致意叙礼。

    凯涅先生施礼完毕重又戴上帽子，大声说道：

    "先生，您生活在废墟和寂静之中。人们实在是羡慕您的这一荒野状态，羡慕您置身其中的这片绿色森林。"

德·圣科隆布先生没有松开嘴唇。他死死地凝视着他。

"先生，"凯涅先生接着说，"由于您是一位维奥尔琴艺术的大师，我奉命前来邀请您前往宫中表演。国王陛下表示了想听您演奏的愿望，为了让他的意愿得到满足，他将欢迎您成为王室音乐家的一员。在这一情况下，我很荣幸地来到了贵府为您效劳。"

德·圣科隆布先生回答说，他是一个年老的鳏夫，他要抚养两个女儿，这使他不得不停留在一种比其他任何一个人都更隐秘的生活方式之中。他对上流社会的生活感到有些厌恶。

"先生，"他说，"我已经把我的生活归属给了在一棵桑树叶丛中的灰色木板地，给了一把维奥尔琴的七根弦，给了我的两个女儿。我的朋友便是对往事的回忆。我的王宫，是那边的杨柳树，是小河的流水，是河里的雅罗鱼和鲔鱼，还有接骨木的花朵。请您转告国王陛下，他的宫殿对一个在三十五年前曾为他已故的父王效过劳的野蛮人来说，没有任何的关系。"

"先生，"凯涅先生回答说，"您没有听明白我的意思。我属于王室的一员。国王陛下表示的希望就是一道旨令。"

德·圣科隆布先生的脸顿时变得通红。他的眼中闪耀出愤怒的光。他上前一步抓住了他的衣领。

"我是一个地地道道的野蛮人，先生，我想我只属于我自己。请您禀告国王陛下，我感谢他如此慷慨地把他的目光落到了我这样一个小人物的身上。"

德·圣科隆布先生一边说话，一边把凯涅先生往屋子那边推。他们相互叙礼揖别。德·圣科隆布先生再一次回到了他的伏尔德，这时候，多娃萘特去了饲禽场，它就处在围墙和比耶弗河的夹角。

与此同时，凯涅先生戴着帽子、佩着长剑走了回来，他悄悄地走近棚屋，用他的靴子把一只火鸡跟它那一窝正在啄食的黄颜色的小雏鸡分拨开，溜入了棚屋的楼板下，一屁股坐在了草地上，就在阴影和树根之中，静静地听着。随后，他躲避开所有人的耳目，又一次动身，回到了卢浮宫。他向国王复命，把音乐家谢绝的理由一五一十作了禀告，同时还把他暗中偷听到的那种音乐给予他的美妙而又艰难的感受转达给了国王。

第五章

　　国王因不能招纳德·圣科隆布先生于宫中而一肚子不高兴。宠臣们继续不断地夸奖他才华横溢的即兴曲。圣旨遭违带来的不快，越发增添了国王的不耐烦，他眼下更迫切地想耳闻目睹音乐家在他面前演奏。他急遣凯涅先生再去请一趟，并让修道院的马太院长陪他同行。

　　他们乘坐的四轮马车，由两个骑马的军官护送。马太院长穿着一身黑色的缎子衣服，戴着一个小小的蜂窝状花边皱领，胸前挂着一个大大的镶嵌有钻石的十字架。

　　玛德莱娜把他们请进了客厅。马太院长，在壁炉前，把他戴着不少戒指的双手，搭在他的那柄带有银把手的红木手杖上。德·圣科隆布先生，在开向花园的窗户前，把他光溜溜的手搭在一把又窄又高的椅子的靠背上。马太院长开口说了如下一番话：

　　"古代的音乐家和诗人都热爱荣耀，当皇帝或君王禁止他们进宫而让他们远远地靠边站时，他们便会难受得痛哭流涕。您却将您的英名埋没于火鸡、母鸡和小鱼之中。您把救世主赋予您的一种才华隐匿在灰尘中，在高傲的忧伤中。您的声望早已为国王和他的宫廷所闻，眼下于您正是天赐良机，请您烧毁您的布衣，接受他的盛情邀请，让人为您做一顶串状的假发。您的皱领将要熨烫成时尚的式样……"

"……我根本就不在乎什么时尚，先生们。"圣科隆布高声嚷道，突然恼怒起有人竟然对他的穿戴方式指手画脚。"请你们替我致谢国王陛下，"他嚷道，"我更喜欢映照在我手上的夕阳的光辉，而不是他答应给我的黄金。我更喜欢我的布衣服装，而不是你们死板的假发。我喜欢我的母鸡胜过国王的小提琴，喜欢我的猪猡胜过你们本人。"

"先生！"

但是德·圣科隆布先生已经抡起了椅子，把它高高地举在他们的头顶上。他还厉声高叫道：

"别再跟我费什么口舌，赶快离开我家！要不然，就别怪我把这把椅子砸碎在你们的脑袋瓜上。"

看到她们的父亲把椅子高高地举过头顶，多娃萘特和玛德莱娜不禁吓坏了，她们担心他会失控。马太院长倒并不显得惊惶，一边用他的手杖轻轻地叩着地砖，一边不慌不忙地说：

"您将像一只小老鼠那样，无声无息地死在您那木板房的深处，不为任何人所熟识，然后慢慢地干瘪。"

德·圣科隆布先生一把翻转手中的椅子，狠狠地砸在壁炉台上，又一次怒吼道：

"你们的宫殿比一个棚屋更小，你们的听众还不如一个人来得多。"

马太院长上前一步，一边用手指头抚摩着镶嵌着钻石的十字架，一边说：

"您将烂在您的淤泥中，在可怖的郊野中，淹死在您的河水中。"

德·圣科隆布先生脸色苍白得像一张纸，他身子颤巍巍的，想抓住第二把椅子。凯涅先生赶紧上前，多娃萘特也赶到他身前。德·圣科隆布先生连连发出嘶哑的"啊！"声，等着缓过气来，双手依然搭在椅子背上。多娃萘特掰开他的手指头，摁住他让他坐了下来。这时候，凯涅先生戴上了他的手套，重新扣上了他的帽子，等到修道院院长觉得德·圣科隆布先生太固执时，后者便带着一种吓人的心平气静，低声地说：

"你们是淹死鬼。你们因此而伸着手求救。你们不愿意自己失去了支撑，便想拉上别人跟你们一起溺死。"

　　他流出来的嗓音缓慢而又断断续续。当修道院院长和御前小提琴家回宫后把这一切禀告国王时，国王很喜欢这样的回答。他说，随这个音乐家便好了，不要去理他，并且让他的宠臣们不要再去出席他的音乐晚会，因为他是一个桀骜不驯的抵抗者，他跟王家港修道院的那些先生，在他们还没有被朝廷遣散之前，曾经有过联系。

第六章

　　好几年里，他们一直生活在宁静之乡，陶然于音乐之中。多娃萘特告别了她的微型维奥尔琴，她已经到了这样的年纪，每月一次，要把布带垫在她的两腿之间。他们每个季节都只安排一次音乐会，到了那一天，德·圣科隆布先生会邀请他所敬重的同行音乐家们，但他不邀请凡尔赛宫的贵族们，甚至也不请那些发了财的市民阶层，因为他们的精神与国王实在是一脉相承的。他越来越少地在他那蒙着红皮子的本本上记下他的新乐曲，他也不愿意把它们印行出版，让它们接受公众的评判。他说那都是一些在瞬间记下来的即兴曲，而不是已完成的作品，只有瞬间才是它们的托词。玛德莱娜女大十八变，越变越好看，成了一个窈窕美女，她的好奇心特别强，这毫无来由的好奇心弄得她忧郁不堪。多娃萘特日日沉浸于快乐、发明和精湛的技艺中。

在天气晴朗、心情舒畅的悠闲日子里，他便抽空来到小船上，船儿系在岸边，漂荡在水中，他则任凭思绪飞扬，遐想联翩。他的船已经很旧了，有些渗水：它是财政总监[1]重建运河系统的时候制造的，漆成白色，年长日久之后，油漆已经斑斑驳驳，成了鱼鳞状。船的外表很像是一把被帕尔杜先生开了膛的巨大的维奥尔琴。他喜欢水波的轻柔荡漾，喜欢垂落下来拂弄着他脸孔的柳树枝，喜欢远处渔翁的那份沉静和专注。他想到了他的妻子，想到了她做任何事情时的那种有条不紊，想起了当他向她讨教时她给他的深思熟虑的建议，想起了她的腰身，还有她那鼓鼓的肚腹，它曾给了他两个女儿，而女儿如今都已长大成人了。他聆听着雅罗鱼和鲌鱼在水中扑腾，以一记响亮的甩尾划破寂静，或者拱起它们那白色的小嘴，斫破水面，上来透口气。夏天，当天气十分炎热时，他便甩掉他的便鞋，脱下他的衬衣，悠悠地钻进清凉的水里，直到河水淹到脖子，然后，他用手指头堵住耳朵，把脸浸到水里。

有一天，他目不转睛地盯着微澜轻漪，昏昏沉沉，梦幻中他仿佛钻进了黑乎乎的水中，居留于其间。他拒绝

---

1 指从 16 世纪到 1661 年期间的法国财政总监，其中最有名的当数苏利，是他整治了法国的公路和运河网。

了他在这片大地上喜爱的所有东西，乐器、鲜花、糕饼美点、成卷的乐谱、风筝、肖像、锡制的餐盘、葡萄酒。从美梦中醒来后，他回想起了他创作的那首《哀悼曲》，那时候，他的妻子在一个黑夜离开了他，走向了死神，他觉得口渴唇干。他站起身，手抓着树枝爬上了河岸，赶往地窖，在阴森森的石拱顶底下寻找一罐裹在干草缠中的酿熟的葡萄酒。他把为保护葡萄酒免遭空气接触的那一层油倒在夯实了的土地上。在黑夜一般的地窖中，他倒了一杯酒，品尝了它。他回到了花园里的棚屋中，在那里练维奥尔琴，他这样做，说实话，更多的不是怕妨碍他的女儿们，而是执意不想让世上任何一只耳朵听见，这样，他便能尝试手指的种种把位，还有运弓时一切可能的动作，而又不让世上任何人对他一心想做的事做出任何评判。他把他的谱架放在桌子上打开，把裹有干草的葡萄酒罐放到铺在桌面上的浅蓝色呢绒上，把酒倒在一只高脚杯中，也放到桌上，旁边还放上一只锡盘，里面盛着一些成卷的小蜂窝饼，于是，他演奏起《哀悼曲》来。

他不需要参看他的乐谱。他的手自行就伸向了乐器的指板，他开始哭泣起来。当琴声袅袅升起时，一个脸色苍白的女人出现在了门旁，冲着他微笑，同时又拿一根手指头放到笑盈盈的嘴上，表示她不会开口说话，他正在做的事绝不会受到打扰。她静悄悄地围绕着德·圣科隆布先生的谱架打转转。她坐到了离桌子和酒瓶不远的角落里的乐器箱上，静静地倾听着。

这是他的妻子，他泪如雨下。当他奏完一曲抬起眼皮时，她已经不在那里了。他放下手里的维奥尔琴，把手伸向放在长颈大肚瓶旁边的锡盘，他看到酒杯已经半空，他惊讶地发现，在它的一旁，蓝色的呢绒上，一块小蜂窝饼已被咬去了一半。

第七章

　　这还不是她唯一的一次来访。德·圣科隆布先生担心了好一阵，生怕自己变成了疯子，然而，之后他倒觉得，即便这就是疯狂，它也给他带来了幸福，即便这就是真事，那也是一次奇迹。他妻子带给他的爱，比他自己的那份爱还更伟大，因为她能一直来到他跟前，而他想做同样的事却无能为力。他拿起一支铅笔，请求一位属于画家行会的朋友，博然先生，为他画一幅画，以他的妻子出现在其旁的那张书桌为主题。但是，他没有对任何人说起过那次来访。甚至玛德莱娜，甚至多娃萦特，都一无所知。他只是把全部身心倾注到他的维奥尔琴中，有时候，他也在摩洛哥羊皮封面的乐谱本上写下一些什么，多娃萦特在那上面，在谱表上，抽取出他的谈话或者他的梦幻曾启迪了他的一些主题。他常常把房门锁起来，因为对他妻子的渴望和回忆，有时候会驱使他脱下长裤，悄悄地自慰。就在他的房间里，他把摩洛哥红羊皮面的乐谱，还有他请朋友画的框在一个黑色画框中的小小油画，并排放在一起，在窗户旁的桌上，就靠着带有华盖的大床对面的墙，而在整整十二年中，他曾经跟他的妻子一直分享着这张床。瞧着这幅画，他就感到幸福。他越来越少发怒了，他的两个女儿注意到了这一点，但又不敢对他说起。在他的内心中，他深切地感到，某种东西已经完成了。他的神情更加安宁。

第八章

　　一天，一个十七岁的大男孩，脸红得像一只老公鸡的冠子，前来敲响了他们家的大门，问玛德莱娜他是不是可以拜德·圣科隆布先生为师，向他学拉维奥尔琴和作曲。玛德莱娜觉得他很漂亮，就让他进了客厅。年轻人把假发捏在手中，把一封折成两折并封有绿色封蜡的信放在了桌上。多娃荼特随着她父亲一起进来，圣科隆布坐到了桌子的另一端，一言不发，也不拆信，只是做了个手势表示他愿闻来意。当那个小伙子开口说话时，玛德莱娜留在大桌子旁边，桌子上铺着一块蓝颜色的布，上面放着一个裹着干草缠的葡萄酒罐，还有一个珐琅盘子，里面盛着糕点。

他叫马兰·马雷先生[1]。他长着一张胖嘟嘟的脸。他生于1656年5月31日，六岁时因为嗓子好而被招入归王室所辖的卢浮宫城堡门外那个教堂[2]的唱诗班。整整九年中，他一直都身穿白色的宽袖法衣、红色的长袍，头戴黑色的小方帽，他睡在修道院的宿舍中，学习文化，只要有时间就学着记谱、识谱、拉维奥尔琴。那些孩子总是不停地跑来跑去，参加晨祷、晚祷，去国王那里服侍，做大弥撒。

后来，当他的嗓子开始变声时，他便被一脚踢到大街上，唱诗班的契约就是这样签订的。他羞愧有加。他不知道该去哪里，他的腿上和脸颊上都长出了须毛，他声粗如牛吼。他回想起那个羞辱的日子，这个日期深深地印刻在他的脑海中：1672年9月22日。最后一次，在教堂的门廊下，他蜷缩着身体，用他的肩膀抵着镀着金粉的木头大门。他穿越了沿着圣日尔曼–奥克赛鲁瓦修道院而建的花园。他看见了青草丛中大大的长紫李。

1　马兰·马雷实有其人。马兰·马雷（Marin Marais，1656—1728），法国作曲家、指挥、维奥尔琴演奏家。他生于巴黎南部的贫民区，父亲是鞋匠。少年时期，马兰·马雷就显示了出众的音乐才华，于1667年进入当时巴黎最好的音乐教育机构圣日尔曼–奥克赛鲁瓦教堂唱诗班，到1672年为止一直师从弗朗索瓦·沙普龙。之后跟随圣科隆布先生学习维奥尔琴，并被吕利门下的作曲家让–弗朗索瓦·拉卢埃特挖走，1676年进入巴黎歌剧院。1679年8月1日起被任命为国王路易十四的宫廷维奥尔琴演奏家。晚年从事奥尔琴的教学。
2　即下文中提到的圣日尔曼–奥克赛鲁瓦教堂。

他开始在街道上奔跑，经过了福尔-埃韦克，走下了通往河滩的陡坡，然后停在那里一动也不动。塞纳河的水面上蒙着一片夏末时节又厚又宽的光亮，还混杂有一层红彤彤的浓雾。他低声呜咽，沿着河岸走，打算折回他父亲的家。他伸脚去踢或者去撞那些猪猡、那些鹅、那些在草地上游戏的孩子，还有河岸上纵横龟裂的烂泥。赤着身子的男人们和只穿衬衣的女人们在河里洗浴，水淹及他们的腿肚子。

在河里流着的这水是一道淌血的伤口。他喉咙口受的这道伤在他看来恰如河流之美那样无法愈合。这座桥，这些高塔，老城，他的童年和卢浮宫，礼拜堂中他那嗓音的欢愉，修道院小花园中的游戏，他那白色的宽袖法衣，他的往昔，长紫李，这一切都被红色的水卷走，一去而永远不复返。他同宿舍的伙伴德拉朗德还保持着童声，留了下来。他的心中充满着怀念。他感觉自己孑然一身，就像一头哀怨低吼的牲畜，毛茸茸而又沉甸甸的阳物在大腿之间晃荡。

他手中捏着假发，突然为他刚才所说的一切感到羞耻。德·圣科隆布先生始终挺直着脊背，一脸漠然的神情，令人难以猜透他的内心。玛德莱娜为小伙子递上一块甜点，脸上送出一丝微笑，鼓励他继续说。多娃萦特坐到了大箱子上，在她父亲的身后，下巴抵着膝盖。这男孩接着说了下去。

当时，他来到他家开的鞋铺时，先是跟他父亲招呼了一声，然后就再也控制不住自己，哇的一声哭了出来，紧接着就匆匆地跑上楼，把自己关在那个位于他父亲作坊的楼上、晚上用来存放草褥草垫的房间里。他的父亲，把铁脚或者铁模夹在两腿之间，不停地敲着或锉着一只鞋子或一只靴子的皮子。那一记记铁锤声直敲得他心慌意乱，令他的心中充满了厌恶。他讨厌浸沤皮子用的尿水的那种臊味，还有摆在他父亲工作台底下用来泡鞋跟衬皮的水桶那平淡无奇的气味。养金丝雀的鸟笼以及它们的啁啾，绑着皮条吱吱乱响的小马扎，他父亲的吼叫——这一切令他实在无法忍受。他嫉恨他父亲哼哼的那些或悠闲或放荡的歌谣，嫉恨他的饶舌多嘴，甚至他的善良，甚至还有当一个顾客走进他家店铺时他发出的笑声和他开的玩笑。少年郎回家的当天，唯一一件在他眼中勉强算得上优雅的东西，是从一支插得很低的蜡烛上落下的像是一根柱子似的一道微光，蜡烛确实很低，比工作台稍稍高一点，比紧握着铁锤或拿着锥子的结满老茧的手稍稍高一点。它给放在货架上或者由彩色小细绳悬吊在空中的那些栗色、红色、灰色、绿色的皮子，染上了一丝微弱的、发黄的色彩。就是在那个时候，他对自己说，他要永远永远地离开这个家，他要成为音乐家，他要为弃他而去的嗓子报仇，他将成为一个著名的维奥尔琴家。

德·圣科隆布先生耸了耸肩膀。

马雷先生，手中始终捏着假发，时时摆弄着，解释说，走出圣日尔曼-奥克赛鲁瓦教堂之后，他去了凯涅先生的家，凯涅先生收留了他几乎有一年，然后，他把他引荐给了莫加尔先生：这是曾属于德·黎塞留先生的那位演奏维奥尔琴的儿子。当莫加尔先生接纳他的时候，他问他对德·圣科隆布先生显赫的名声是否有所耳闻，是不是听说过后者发明的第七根弦：他设计了一种木制乐器，能涵盖人类嗓音的一切可能性——儿童的嗓音，女人的嗓音，男人那破碎而又低沉的嗓音。在半年时间中，莫加尔先生让他自己孜孜苦练，然后，便吩咐他去寻找德·圣科隆布先生，说是后者就居住在河的对岸，并给了他这一封介绍信，算是为他作推荐。说到这里，小伙子把那封信往德·圣科隆布先生的面前推了推。后者开启了封蜡，把信打开，但是，他没有读信，而是站起身来，似乎想说些什么。就这样，一个不敢再开口的少年郎遇上了一个沉默寡言的男人。德·圣科隆布先生始终无法开口说什么，他把那封信放在桌上，走近了玛德莱娜，在她的耳边低语说，要紧的该是演奏。她便离开了客厅。身着一身黑衣黑裤、脖子上挺着白色皱领的德·圣科隆布先生朝壁炉走去，坐在了那旁边的一把大扶手椅上。

作为第一课，玛德莱娜把她的维奥尔琴借给了他。这时，马兰·马雷甚至比他刚刚踏进这家的门槛时头脑还要更糊涂，脸还要更红。姑娘们坐得很靠近，好奇地想看到圣日尔曼-奥克赛鲁瓦教堂唱诗班的前歌手会如何演奏。他很快地习惯了乐器的尺寸，调好了音，演奏了莫加尔先生的一个组曲，拉得得心应手，轻车熟路。

他瞧着他的听众们。姑娘们低着鼻子。德·圣科隆布先生说：

"我不认为我会收您当我的学生。"

接下来是一阵久久的沉默，少年郎的面部颤抖不已，突然他以他那嘶哑的嗓子喊道：

"至少您能告诉我这是为什么！"

"您会音乐，先生。但您不是音乐家。"

少年郎的脸僵住了，泪水涌上了他的眼睛。他忧伤地结结巴巴道：

"至少请让我……"

圣科隆布站起来，把木头扶手椅的面转向壁炉的炉膛。多娃萘特说：

"等一等，父亲。马雷先生兴许还记得他自己创作的一首曲子。"

马雷先生连忙点了一下头。他早就迫不及待了。他立即俯身在维奥尔琴上，比刚才更仔细地调好音，演奏了一曲B大调谐趣曲。

"好啊，父亲，这太好了！"他刚刚演奏完，多娃萘特便忙着说，并鼓起掌来。

"您认为怎么样？"玛德莱娜转身朝着她父亲问道，心中还带着一丝胆怯。

圣科隆布站在那里好一阵子。他突然离开了他们，忙着出门。等到他刚要跨过客厅的门槛时，他转过脸来，仔细地打量着坐在那里满脸通红、惶惶不安的男孩，说道：

"一个月后再来吧。那时候，我会告诉您，您是不是有足够的才华，能让我把您看成是我的学生。"

第九章

　　那个男孩为他演奏的小小谐趣曲不时回荡在他的脑海中，他因之而激动。这是一段普通而又简单的乐曲，但它富有柔情。最后，他终于忘记了这段乐曲。他更加努力地在棚屋中工作。

　　当他第四次感到他妻子的身影出现在他的身边时，他把眼睛从她的脸上移开，问她道：

　　"夫人，尽管已经死去，您还说话吗？"

　　"是的。"

　　他不寒而栗，因为他听出了她的嗓音。一种女低音，至少算得上是次女低音。他真想哭，但是哭不出来，因为此时此刻，他惊讶这段梦中的人竟然还会说话。过了一会儿，他的脊背颤抖着，终于有了胆量继续问道：

　　"您为什么偶尔才来这里？您为什么不经常来呢？"

　　"我不知道，"幽灵说道，脸红了，"我来是因为您演奏的乐曲令我激动。我来是因为您好心地给我提供喝的，还有一些糕饼可品尝。"

"夫人！"他叫道。

他当即站起身来，动作太猛了一些，甚至把他的凳子都扯翻了。他把维奥尔琴从自己身边挪开，因为它有些碍手碍脚，他把它靠在木板墙上，在他的左侧。他张开了胳膊，似乎已经想好要拥抱她。可是她喊了起来：

"不！"

她连连后退。他低下了脑袋。她对他说：

"我的手脚，我的胸脯，都已经冷透了。"

她一下子有些喘不过气来。给人的印象，她就像是某个正在过分使劲的人。当她说着那些话的同时，她触到了她的大腿和胸脯。他重又低下了脑袋，于是，她又回来坐在了凳子上。当她恢复了正常的喘气时，她慢慢地对他说：

"请您给我一杯您那红颜色的葡萄酒，好让我润一润嘴唇。"

他急匆匆地走出门，走下地窖，到食品储藏间去找酒。当他返回时，德·圣科隆布夫人早已不在那里了。

第十章

当他前来上他的第二堂课时，是身材苗条、脸蛋粉红的玛德莱娜，为他打开了能通马车的大门。

"因为我要去洗澡，"她说，"我要把我的头发盘起来。"

她的后脖颈是粉红色的，长着黑黑的细毛，在光亮中很是蓬乱。由于她抬起了胳膊，她的乳房挤得紧紧的，鼓了起来。他们走向德·圣科隆布先生的棚屋。那是一个春光明媚的日子。迎春花怒放，蝴蝶飞舞。马兰·马雷把他的维奥尔琴扛在肩上。德·圣科隆布先生让他走进了桑树之上的棚屋中，他接受了他为弟子，对他说：

"您了解身体的姿势。您的表演并不缺乏感情。您的弓轻灵地弹跳。您的左手像一只松鼠那样跳跃，像一只老鼠那样在琴弦上窜动。您的装饰音很精彩，有时候甚至很迷人。但是我没有听到音乐。"

年轻的马兰·马雷听到他老师的结论时，心中如同打翻了五味瓶，什么味的情感都有：他为自己被接纳而感到幸福，但面对德·圣科隆布先生一一列举的有所保留之处，他又有些恼羞成怒，他觉得，老师那冷若冰霜的态度，就好比对着园丁指点如何插穗和播种。后者继续道：

"您可以帮助跳舞的人跳舞。您可以给在舞台上歌唱的演员伴奏。您将挣钱度日。您将生活在音乐周围，但您将不会是音乐家。

"您有没有一颗心用来感受？您有没有一颗脑袋用来思考？您有没有想过，当我们不是为了跳舞，不是为了取悦于国王的耳朵时，音可以用来做什么？

"然而，您那嘶哑的嗓音令我激动。我留下您是因为您的痛苦，而不是因为您的艺术。"

当年轻的马雷走下棚屋的台阶时，他看到，在浓密的树荫下，有一个赤身裸体、个子高挑的姑娘，她藏身在一棵树的背后，他赶紧扭转脑袋，竭力显出一副没有看到她的样子。

第十一章

　　几个月过去了。这一天，天寒地冻，田野上一片积雪，他们无法工作太长时间，因为实在冻得够呛。他们的手指头僵得麻木，于是他们离开了棚屋，回到了大屋中，在壁炉旁温热了酒，又在酒里加了香料和桂皮，然后喝了起来。

　　"这酒总算温暖了我的肺和我的肚子。"马兰·马雷说。

　　"您认不认识画家博然？"圣科隆布问他。

　　"不认识，先生，我也不认识别的任何画家。"

　　"我早先曾向他订了一幅画。画的是我那张放在我音乐室中的书桌。走，咱们去看看他。"

　　"现在吗？"

　　"对。"

　　马兰·马雷瞧着玛德莱娜·德·圣科隆布：她正侧身

站在窗户旁，就仜结着霜花的窗玻璃前，霜花把桑树和柳树的形象扭曲得奇形怪状。她在专注地倾听。她朝他瞥来怪怪的一眼。

"我们去看看我的朋友吧。"圣科隆布说。

"好吧。"马兰·马雷说。

后者又瞧了瞧玛德莱娜，翻开了他的紧身短上衣，理了理，紧了紧他那水牛皮的衣领。

"他住在巴黎。"德·圣科隆布先生说。

"没问题。"马兰·马雷回答他说。

他们全都穿得暖暖和和的。德·圣科隆布先生在脸上围了一方羊毛围巾，玛德莱娜递上帽子、斗篷、手套。德·圣科隆布先生从壁炉上摘下了肩带和佩剑。这是唯一一次马雷先生见到德·圣科隆布先生身佩长剑。年轻人目不转睛地盯着那把刻有印记的剑：可以看出来，那上面压着花纹，浮雕似的，那是冥河渡夫的形象，他手中握着一根撑竿。

"我们走吧，先生。"圣科隆布说。

马兰·马雷这才抬起了头，他们出了门。马兰·马雷想到了铁匠在铁砧上捶打利剑的那一刻。他又依稀看到了鞋匠的那个小小铁砧，他父亲把它放在自己的大腿上，用他的铁锤在那上面敲着什么。他想到了他父亲的手，还有铁锤带给它的一把老茧，他记得那一天晚上，他只有四五岁的光景，要离开店铺去教堂的唱诗班，当时，父亲用老茧满满的手抚摩了一下他的脸。他想到每一个职业的人都有其不同的手：低音古提琴[1]手左手指肚上的茧甲，皮鞋匠大拇指上的胼胝。他们走出德·圣科隆布先生的家门时，天正纷纷扬扬地飘着雪花。德·圣科隆布先生裹在一件很大的褐色斗篷中，只在羊毛方围巾的后面露出两只眼睛。这是唯一一次马雷先生看到他的老师离开他的花园或者他的家。他出门，却永远也不离开它们。他们来到了比耶弗河的上游。狂风呼啸；在他们的脚步下，结了冰霜的地面咔咔作响。圣科隆布抓住了他学生的胳膊，把手指头压在嘴唇上，示意别出声。他们一路走去，脚底下弄出很大的声响，他们上身前倾，俯向路面，费劲地顶着风，而风儿也一个劲地吹着，拍打着他们大睁着的眼睛。

"您可是听出来了，先生，"他高声嚷道，"咏叹调跟低音是怎样有所区别的。"

---

1 低音古提琴（gambe）是大提琴的前身。

第十二章

"这是圣日尔曼–奥克赛鲁瓦教堂。"德·圣科隆布先生说。

"我比世上的任何人都更熟悉它。我在那里唱了十年的圣诗,先生。"

"就是这儿。"德·圣科隆布先生说。

他敲了敲饰有兽头的门环。这是一扇窄窄的精雕细刻的木头门。他们听到圣日尔曼–奥克赛鲁瓦的大钟响了起来。一个老妪探出脑袋来。她戴着一顶在脑门处呈尖角的旧帽子。他们来到了博然先生的画坊,紧靠在火炉旁边。画家正在画一张桌子:一只玻璃杯中盛着半杯红葡萄酒,一把躺着的诗琴,一本乐谱,一个黑色法兰绒的钱袋,一沓纸牌,其中最上面的是一张梅花侍从[1],一个棋盘,上

---

[1] 法国纸牌中,各种花色中分别有国王、贵妇、侍从,分别为 R、D、V,相当于英国纸牌中的 K、Q、J。有的纸牌在贵妇、侍从之间还另有"骑士"(C)这一等级。

面放着一只插有三枝石竹花的花瓶，还有一面八角形的镜子，靠在画坊的墙上。

"将被死神剥夺的一切都在他的夜晚中，"圣科隆布在他学生的耳边悄悄说道，"一边对我们说再见，一边偷偷藏匿起来的，是世界上的所有快感。"

德·圣科隆布先生问画家，是不是可以收回他曾向他借的那幅画：画家当初想把它拿给一个佛兰德商人看，而后者则根据它画了一件复制品。博然先生便向戴着在脑门处呈尖角的旧帽子的老妪做了个手势；她鞠了一躬，便去找乌木框子镶定的小蜂窝饼般凹凸不平的油画。他把它指给马雷先生看，手指头指着画中的高脚杯子，还有缠盘在一起的黄颜色的小小甜点。随后，面无表情的老妪用破布和绳子仔细地把它包起来。他们瞧着画家作画。德·圣科隆布先生又一次凑在马雷先生的耳边说：

"请听博然先生笔底的声音。"

他们闭上了眼睛，听他挥笔作画。然后，德·圣科隆布先生说：

"您学到了运弓的技术。"

博然先生转过身，问他们在悄悄地说什么。

"我在说琴弓呢，它跟您的画笔好有一比。"德·圣科隆布先生说。

"我想您可能是弄错了，"画家笑着说，"我喜欢黄金。从我个人来说，我是在寻找能把我引向神秘之火的道路。"

他们向博然先生致意揖礼。尖角的白帽子在他们面前干巴巴地鞠了一躬，同时，大门也在他们的背后吱呀了一声关上。走在街上时，雪下得更紧更密了。他们眼前什么也看不清，只顾踏着厚厚的积雪蹒跚而行。他们走进了附近的一个老式网球馆。他们要了一碗菜汤，喝了起来，一边吹着把他们的脸团团罩住的腾腾而升的热气，一边走在一个个大厅中。他们看见一些贵族老爷在下人们的簇拥下玩球。陪同他们的一些年轻妇人则为精彩的击球鼓掌。在另一个大厅中，他们看到两个女子正在舞台上表演朗诵。其中一人以一种典雅的音调说：

"火光刀影下她的眼睛分外明亮；她虽洗尽铅华却显得纯朴可爱，还带着睡梦中的娇软媚态。怎么好？我不知是否她衣未整，是否暗中见火把，静中闻喊声……"[1]

另一位则用低八度音，慢悠悠地回答道：

"心想跟她交谈，可是舌结口闭：我已呆立不动，只

1　这是拉辛悲剧《勃里塔尼古斯》（1669）第二幕第二场中尼禄的一段台词。这里及下面的台词借用了张廷爵的译文（《拉辛戏剧选》，上海译文出版社1985年版）。

是惊讶不止……我总是推不开、抹不掉她的倩影，她宛然在我面前，我仿佛向她倾诉，我甚至喜欢她泪汪汪对我啼哭……"

当女演员们以一些奇特的大幅度动作伴随高声的朗读时，圣科隆布在马雷的耳边喃喃低语道：

"瞧瞧，一个句子的夸张是怎么表现出来的。音乐也一样，是一种人类的语言。"

他们走出了网球馆。雪已经停了，但是积雪一直没及了他们的靴子。夜幕降临，天上既无月光，也无星星。一个男人举着一支火把走过，一只手挡住火光，他们便跟在他后面走。雪花依然还在纷纷落下。

德·圣科隆布先生突然一把拉住他弟子的胳膊：在他们前面，一个小男孩脱下了他的裤子撒起尿来，在雪地上浇了一个洞。冲溅在积雪上的热尿的声响，跟雪晶体逐渐融化的声音融在一起。圣科隆布又一次把手指头竖在他的嘴唇前。

"您学到了装饰音的分弓。"他说。

"它还是一种半音递降。"马兰·马雷先生反驳道。

德·圣科隆布先生耸了耸肩膀。

"我将在您的哀悼曲中添上一段半音递降，先生。"

而多年之后，他也果真如此做了。马雷先生补充说：

"真正的音乐说不定就是跟寂静联系在一起的呢？"

"不对。"德·圣科隆布先生说。他正在把那块方围巾系到头顶上，把他的帽子紧紧地裹住。他把挡在两腿间的佩剑的肩带往边上挪了挪，胳膊底下始终紧紧夹着蜂窝饼般凹凸不平的油画，转过身去，冲着墙撒起尿来。然后，又转身面对着马雷先生，说道：

"夜已经深了。我的脚都冻僵了。我谢谢您陪我走了这一趟。"

随后，他二话不说地离开了他。

第十三章

时值初春。他把他推出了棚屋。两人各自手握维奥尔琴，一言不发，在细雨底下穿过花园，朝大屋走去。他们一进屋就吵嚷起来。他高声召唤他的女儿们。他一脸怒气。他说：

"快点，先生，快点。赶快让一种激情诞生在我们的耳朵中。"

多娃萦特连蹦带跳地下了楼。她坐在了窗门洞旁边。玛德莱娜上来拥抱了一下马兰·马雷，后者则把维奥尔琴夹在两腿之间，一边调着音，一边对她说，他已经在小礼拜堂中为国王演奏过了。玛德莱娜的眼神顿时变得严峻起来。气氛有些紧张，就像一根绷得过紧的弦顷刻就将断裂。当玛德莱娜用她的围裙拭去维奥尔琴上的雨水时，马兰·马雷在她的耳边轻轻地重复道：

"他生气了，因为我昨天在小礼拜堂中为国王演奏了。”

德·圣科隆布先生的脸色还在继续阴沉下去。多娃萘特连忙做了一个手势。马兰·马雷依旧丝毫没有放在心上，还在对玛德莱娜说，有人往王后的脚下塞过去一个炭火的小脚炉。小脚炉……

“拉吧！”德·圣科隆布先生催促道。

“瞧，玛德莱娜。我的维奥尔琴底端都被烧焦了。是一个卫兵注意到我的维奥尔琴烧焦了，他拿他的长矛示意了我。它没有烧焦。它并没有真的烧焦。它只是有些烧黑……”

两只手在木桌上使劲拍响。所有人都猛地一惊。德·圣科隆布先生从紧咬的牙关中蹦出一声吼：

“拉吧！”

“玛德莱娜，瞧瞧！”马兰继续道。

“拉吧！”多娃萘特说。

圣科隆布从客厅的另一头跑过来，从他手中夺过乐器。

“不！”马兰高声嚷道，站起来想夺回他的维奥尔琴。德·圣科隆布先生再也控制不住自己了。他一扬胳膊就把维奥尔琴抡在空中。马兰·马雷伸长了胳膊，满屋子地追着他跑，想要回他的乐器，阻止他做出一桩魔鬼般的蠢举。他嚷道："不！不！"玛德莱娜已被吓得呆若木鸡，两手一个劲儿地揉着她的围裙。多娃萘特站了起来，跟在他们后面追。

圣科隆布逼近了壁炉，高高地举起维奥尔琴，狠狠地把它砸碎在壁炉的石头护壁上。高悬于其上的镜子在击打下碎裂了。马兰·马雷一下子蹲在了地上，嚎叫起来。德·圣科隆布先生把手中的维奥尔琴残片扔在地上，用他那漏斗形的靴子在上面跳着脚地踩。多娃萘特一边紧紧地揪住她父亲的上衣，一边叫着他的名字。过了好一会儿，四个人全都不出声了。他们纹丝不动地待在那里，目瞪口呆。他们瞧着满地的碎屑，难以相信眼前的一切。德·圣科隆布先生低着脑袋，脸色煞白，只是瞧着自己的双手。他试图发出表示痛苦的"啊！啊！"的叹息。但是他无法做到。

"父亲，我的父亲！"多娃萘特一边说，一边呜咽不已，紧紧地抱住了她父亲的肩膀和脊背。

他的手指头颤抖着，他渐渐地挤出了轻轻的叫喊声："啊！啊！"像是一个溺水的人再也透不过气来。最后，他离开了客厅。马雷先生在玛德莱娜的怀中哭泣，她则跪在他的身边，浑身战栗不已。德·圣科隆布先生手拿一个钱袋走了回来，解开了扎口的带子。他数了数里面的金路易[1]，走近了，把钱袋扔到马兰·马雷的脚下，转身离去。

马兰·马雷挺身站起来，冲着他的背影嚷道：

"先生，您倒是说一说，您为什么要这样做！"

德·圣科隆布先生回过身子，平静地说：

"先生，一件乐器是什么，一件乐器并不就是音乐。您这儿有足够的钱，可以为您再买上一匹马戏团的马，好在国王的前面打转转。"

玛德莱娜掩袖而泣，也试图站起身来。哭泣声使她的背都一抽一缩的。她跪在他们中间。

"请听一听，先生，心灵的痛苦让我女儿从嗓子中迸发出来的哭泣：它们比您的音阶还更靠近音乐。永远地离开广场吧，先生，您是一个十分伟大的街头杂耍艺人。一个个盘子正飞舞在您的头顶上，而您则永远也不会失去平衡，但您只是一个渺小的音乐家。您是一个像李子那样大小或者像鳃角金龟子那样大小的音乐家。您应该在凡尔赛宫演奏，就是说，在新桥[2]上演奏，人们会扔一些硬币给您作酒钱。"

1　金路易是法国旧时的货币，约重 6.7 克，上有国王路易十三或其继承者的头像。

2　新桥在巴黎的塞纳河上，是塞纳河上最老的桥之一。"在新桥上拉琴"，就是"街头卖艺"的一种委婉说法。

德·圣科隆布先生把房门狠狠地一摔，离开了屋子。马雷先生也跑向院子，打算离去。房门哐啷哐啷地乱响了一阵。

玛德莱娜一直追他到了路上，把他拦住。雨已经停了。她搂住了他的肩膀。他哭着。

"我会教给您我父亲教过我的一切。"她对他说。

"您的父亲真是一个凶狠而又疯狂的人。"马兰·马雷说。

"不。"

静静地，她摇着头表示"不"。她又说了一遍：

"不。"

她看到他的泪水滚滚落下，便伸手擦去了其中的一滴。她发现马兰的手靠近了她的手。在又一次纷纷下飘的雨水中，她的手显得赤裸裸的。她探出了她的手指头。他们碰在了一起，猛地打了一个激灵。然后，他们的手握到了一起，他们的身子凑近了，他们的嘴唇凑近了。他们彼此亲吻。

第十四章

马兰·马雷偷偷地来德·圣科隆布先生的家。玛德莱娜则在她的那把维奥尔琴上，为他演示了父亲教给她的所有技艺。她站在他面前，让他给她重复一番，手放在指板上，用腿肚子使劲，把乐器向前挤，使它产生共鸣，右胳膊肘和上臂压定琴弓。就这样，他们互相碰触。然后，他们在阴暗角落里互相亲吻。他们相爱了。有时候，他们隐藏在圣科隆布的棚屋底下，来听他到底要达到什么样的装饰音，他的演奏是如何进展的，他更喜欢采用什么样的和弦。

1676年夏天，当马雷先生二十岁时，他向德·圣科隆布小姐宣布，他已经被宫廷聘为"国王的乐师"。他们当时在花园中；她推着他，让他坐到建筑在老桑树低矮枝丛中的棚屋的地板底下。她把她的实践技巧全都给了他。

有一天，当马兰·马雷正埋伏在棚屋底下时，突然暴风雨大作，淋得他着了凉，一连打了好几个响亮的喷嚏。德·圣科隆布先生冒雨走了出来，发现他下巴抵着膝盖，坐在湿漉漉的地上，便上前踢了他几脚，同时叫来了下人。他最终踢得他脚上和膝盖上都受了伤，还揪住他的衣领，把他抓了出来，让身边的一个仆人去找一根马鞭来。玛德莱娜·德·圣科隆布上前干预。她对她的父亲说她爱马兰，终于让他怒气消退。漫天乌云中的暴风雨来也匆匆，去也匆匆，他们搬出几把帆布面的扶手椅到花园中，坐了下来。

"我再也不想见到您了，先生。今天是最后一次。"圣科隆布说。

"您将再也见不到我了。"

"您打算娶我的大女儿吗？"

"眼下我还不能给您最终的回答。"

"多娃萘特去了乐器商的家，她会很晚才回来。"玛德莱娜一边说，一边扭开了她的脸。

她走过来，坐在了马兰·马雷身边的草地上，背靠着她父亲的那把帆布大椅子。青草几乎已经干枯，散发着一股浓烈的干草味。她父亲透过那棵柳树，眺望着远方绿色的森林。她则瞧着马兰的那只渐渐向她伸近过来的手。他把他的手指头放在玛德莱娜的乳房上，慢慢地滑向她的肚腹。她夹紧了双腿，颤抖起来。德·圣科隆布先生无法看见他们。他一门心思地说着：

"我不知道我是不是会把女儿给您。毫无疑问，您已经找到了一个位子，它会给您一份不错的收益。您生活在一个宫殿中，而国王又喜爱您给他带来的悦耳的旋律。依我看来，一个人，不论他是在一个有一百个厅堂的宏伟的石头宫殿中，还是在一棵大桑树枝叶中的一个摇摇晃晃的棚屋里表演他的艺术，都没有什么要紧的。对我来说，还有在艺术之外、在手指头之外、在耳朵之外、在发明之外的某种东西：这就是我在过着的充满激情的生活。"

"您过着一种充满激情的生活？"马兰·马雷说。

"父亲，您在过着一种充满激情的生活？"

玛德莱娜和马兰异口同声地说，与此同时，他们盯住了老音乐家的脸。

"先生，您取悦于一个能看得见的国王。可是取悦于人并非我之所欲。我呼唤着，我向您起誓，我用我的手呼唤着一件看不见的东西。"

"您的话就像谜语。我恐怕永远也猜不透您想说什么。"

"所以，我才不指望您能跟我同路而行，走在我那长着杂草、布满碎石的崎岖小路上。我已经是日薄西山、奄奄一息的人了。您发表一些甚为巧妙的乐谱，您在其中很聪明地添加了从我这里偷去的一些指法和一些装饰音。但是，那只是一些白纸上印着的黑字而已！"

马兰·马雷用手帕擦去了他嘴唇上的血迹。他突然朝他的老师躬下身来。

"先生，很久以来我一直渴望向您提出一个问题。"

"请便。"

"您为什么不发表您演奏的乐曲呢？"

"噢！我的孩子们，我不谱曲！我从来没有写下任何东西。有时候，我在回忆一个名字和一些愉悦的同时发明出的，是水的礼物，水面的浮萍，蒿草，小小的毛毛虫。"

"可是，在您的浮萍和您的毛毛虫中，音乐又在哪里？"

"当我拉动琴弓时，我撕裂的，是我小小的一块活蹦乱跳的心。我所做的，只不过是一种生命的训练，而在这一生命中，没有一天是节假日。我履行了命运赋予我的职责。"

第十五章

　　一方面，那些不信教者受到折磨，另一方面，王家港修道院的先生们也纷纷逃命。那些先生曾有一个计划，欲在美洲买下一个小小的海岛，移居到那里，就如当年受迫害的清教徒所做的那样。德·圣科隆布先生一直保持了与德·布雷先生的友谊关系。库斯泰尔先生说得好，孤独者们把极端的侮辱推向了极致，他们更喜欢使用"先生"一词，而不是"圣"这个词本身。在圣多米尼克地狱街，孩子们彼此之间也以"先生"相称，而且他们相互不称呼你，而称呼您[1]。有时候，这些先生中的一个也会派一辆四轮马车来接他，请他前去为他们中某一位的去世，或者为耶稣受难纪念日拉上一曲。这时候，德·圣科隆布先生

---

[1]　在法语中，称呼对方为"您"表示尊敬，也表示对话者的关系比较生。家人之间、朋友之间、相当熟的人们之间，如今一般都以"你"相称。但是在早先相当一个时代中，子女对父母、夫妻之间表示尊敬时，也往往以"您"相称。

便情不自禁地想起了他的妻子，想起了她逝世之前的那些情景。他心中涌起一股爱情的浪花，没有任何力量能抑制它，使之减弱。他仿佛觉得，那还是同一腔爱，同一种抛弃，同一个夜，同一丝寒意。一个圣星期三，当他在德·蓬卡雷夫人府上的小礼拜堂，在耶稣受难纪念祈祷中演奏完毕后，他把乐谱收拾好，准备回家。当时他坐在礼拜堂侧边的小道上，在一把垫了干草垫子的椅子上。他的维奥尔琴就放在他身边，已经蒙上了罩子。管风琴演奏者和两个修女试奏着一段新曲子，他乍一耳朵听来颇觉陌生，但又觉得很美。他便向右侧过了脑袋，他发现：她正坐在他的旁边。于是，他低下了脑袋。她冲他莞尔一笑，稍稍抬了抬手；她的手上戴着露指手套和手镯。

"现在该回家了。"她说。

他站起身，拿住他的维奥尔琴，跟着她走进了漆黑的通道中，沿着一个个身披紫色衣袍的圣徒雕像走着。

到了小街上，他打开马车的门，押开登车的阶梯，在她之后上了车，并把维奥尔琴放在身前。他对车夫说他要回家。他感觉到身边他妻子的衣裙的柔和。他问她，以前，他是不是向她证明过他爱她爱到了何等程度。

"我确实记得，您向我证明过您的爱，"她对他说，"我还记得，假如您向我表达得稍稍更为唠叨一些，我恐怕也不会受伤害的。"

"真的是那么贫乏，那么罕见吗？"

"确实是那么贫乏，不过却是那么频繁，我的朋友，而且常常沉默无语。我爱您。我还是那么喜欢建议您吃桃子酱！"

马车停了下来。他们已经到了家门口。他走出了四轮马车，把手伸给她，好扶她下车。

"我不能够。"她说。

他的脸上顿时露出一种痛苦的表情，它使德·圣科隆布夫人忍不住又把手伸给了他。

"您的脸色很不好看。"她说。

他拿出了套着罩子的维奥尔琴，把它放在路上。他坐在了马车的阶梯上，哭了起来。

她下了车。他又匆匆地站起身，打开了院子的大门。他们穿过铺着石头路面的院落，走上石台阶，走进了客厅，然后他把维奥尔琴放在壁炉的砌石上。他对她说：

"我的忧愁实在难以言状。您确实有道理这样指责我。话语永远也无法表达我想说的话，我实在不知道如何开口……"

他推开朝向柱廊和后花园的门。他们行走在草地上。他用手指头指着棚屋，说道：

"这就是我说话的棚屋！"

他再一次轻声地哭起来。他们一直来到了那条船的边上。德·圣科隆布夫人登上了白色的船儿，而他紧紧地抓住船舷，让船留在岸边。她卷起了裙子，把脚放在湿漉漉的船板上。他又挺起身来。他的眼皮却始终耷拉着。他没有看见小船已经消失。过了好一会儿，他又开口说话，任热泪滚落在他的腮帮上：

"我实在不知道如何开口，夫人。十二年过去了，但是我们的床单还没有冷。"

第十六章

马雷先生的来访越来越稀少了。玛德莱娜去凡尔赛或者沃布瓦延见他，他们在那里的一家旅舍中做爱。玛德莱娜把一切都交托给了他。正是这样，她向他承认，她父亲创作了世界上最美的一些乐曲，但他不让任何人听到它们。它们中有催人泪下的。有《卡隆的渡船》[1]。

有一次幽会让他们害怕不已。他们当时待在家里，因为马兰·马雷钻到桑树枝叶下的棚屋里后便四下里寻找着，想发现玛德莱娜曾对他说起过的那些乐曲。她站在他面前，在客厅里。马兰坐着。她靠近了他。她向前挺起胸膛，凑到他的脸前。她解开了她衣裙的上部，掀开了贴里的衬衣。她的乳房跳了出来。马兰·马雷忙不迭地把脸埋

1　卡隆是希腊神话中冥河的渡夫，为亡灵摆渡去冥府。这里指"哀悼曲"一类的乐曲。

在了她的怀中。

"玛侬[1]！"德·圣科隆布先生的声音响了起来。

马兰·马雷赶紧躲进了最近的窗户洞里。玛德莱娜吓得脸色煞白，匆忙整理好贴身的衬衣。

"我在这里，父亲。"

"我们该练一练三度音或五度音的音阶了。"

"好的，父亲。"

他走了进来。德·圣科隆布先生没有看见马兰·马雷。他们随即就走了。当马兰·马雷听见他们在远处调着音，就从窗户洞里钻出来，想尽快地离开那里，穿过院子逃之夭夭。不料他撞上了正趴在柱廊栏杆上的多娃萘特，她正眺望着花园。她一把抓住他的胳膊。

"你说说，你觉得我怎么样？"

她也像她姐姐那样把胸膛向他挺去。马兰·马雷笑了起来，拥吻了她一下，便急匆匆地溜走了。

1　玛侬是玛德莱娜的爱称。

第十七章

另一次，时隔不久，一个夏日里，吉袅特、玛德莱娜和多娃荼特约好一起去小礼拜堂，去擦圣徒雕像，撩蜘蛛网，洗石板地，给椅子板凳掸尘，为祭坛摆花，马兰·马雷也陪她们同去。他登上了管风琴的廊台，演奏了一曲。他看到，多娃荼特正拿着一块粗麻布，在下边揩擦着祭坛周围的石板和台阶。她冲他使了个眼色。他便下了廊台。天气很热。他们手拉着手，从圣器室的门溜出去，一路小跑穿过了墓地，跳过了矮墙，来到了树林边的灌木丛中。

多娃荼特跑得气喘吁吁。从她衣裙的敞口，能看到她胸脯上闪着亮晶晶的汗珠。她的眼睛更是闪闪放光。她向前挺起了胸膛。

"汗水湿透了我衣裙的边。"她说。

"您的乳房比您姐姐的要鼓多了。"

他瞧着她的乳房。他想把他的嘴唇凑上去，便抓住了她的胳膊，接着，他又想离开她，一走了之。他的神情有些迷茫。

"我的肚子又热又躁。"她对他说，抓紧了他的一只手，把它握在自己的双手中。她把他拉向她。

"您姐姐……"他喃喃地说道，把她拥在自己的怀中。他们搂抱在一起。他低下了眼睛。他把她的衬衣弄得皱巴巴的。

"快脱了您的衣服，要了我吧。"她对他说。

这还是一个孩子呢。她重复道：

"快脱了我的衣服！然后再脱了您的衣服！"

她的身体是一个圆润而又厚实的女人的身体。他们彼此拥有之后，就在她取过衬衣要穿的那一瞬间，她赤裸裸的身体被夕阳的光辉镶上了一条金边，沉甸甸的乳房，还有从树杈枝叶中脱离出来的大腿，使她在他眼中成了世上最美的女人。

"我没有羞愧。"她说。

"我很羞愧。"

"我有的是欲望。"

他帮她系上了衣裙的带子。她高举起双臂，久久地展开在空中。他抱住了她的腰。她的衬衣里头没有穿裤子。她说：

"何况，现在，玛德莱娜要瘦下来了。"

第十八章

他们半裸地待在玛德莱娜的房间里。马兰·马雷背靠着床柱子。他对她说：

"我要离开您了。我看到，我肚子里再也没有任何东西可给您了。"

她抓住他的双手，慢慢地，把她的脸埋在马兰·马雷的这两只手中，开始哭了起来。他唉叹了一口气。钩着床帘的束带落了下来，与此同时，他拉住了它的带子想把它系住。她从他的手中夺过了垂带，把自己的嘴唇凑了上去。

"您的眼泪是那么的甜柔，令我心动，我丢下您是因为我在我的梦中再也见不到您的乳房了。我看到了别人的脸。我们的心是饥渴的。我们的精神不知道什么是歇息，生命之所以美丽，是因为它凶野，就像我们的猎物。"

她沉默无语，拨弄着床帘的垂带，抚摩着她的肚子，全然不看他一眼。最后，她又抬起头来，突然跟他来了个面对面，红着脸对他说：

"别说了，你走吧！"

第十九章

德·圣科隆布小姐病倒了，而且变得那么瘦，那么弱，不得不卧在床上。她怀孕了。马兰·马雷不敢去打听她的消息，但他还是跟多娃萝特商议好了，约好一天在比耶弗河畔洗衣池附近的一地见面。到了那里，他先给他的马喂了干草，接着便探询关于玛德莱娜怀孕的消息。她产下了一个男婴，孩子生下来时就死了。他托多娃萝特转交一个包裹给她的姐姐：里面包着黄颜色的小牛皮高帮皮鞋，那是他父亲应他的请求给她做的。玛德莱娜想把它们扔进炉膛中烧了，但多娃萝特阻止了她。她渐渐康复。她阅读荒漠修士的书。随着时间的推移，他不再来了。

1675年，他和吕利先生[1]一起作曲。1679年，凯涅去世。马兰·马雷在他二十三岁那年，被任命为国王的御

1　吕利（1632—1687），意大利人，作曲家和小提琴家，后入法国籍。

前乐师，取代了他第一个老师的位子。他同时还担任了吕利先生的乐队指挥。他创作了一些歌剧。他和卡特琳娜·德·阿米库尔结了婚，跟她一共生了十九个孩子。人们打开王家港修道院藏骸所的那一年（就是国王明令昭示推平围墙，掘出阿蒙和拉辛先生[1]的尸体，并把它们喂狗的那一年），他又重新着手处理《梦游女人》的主题。

1686年，他居住在日光街，就在圣厄斯塔什教堂附近。多娃萘特嫁给了小帕尔杜先生，他跟他父亲一样，是居住在西岱岛的乐器制造商，她跟他生了五个孩子。

---

1 让·阿蒙（1618—1687），法国医生，詹森派人士，曾躲藏于王家港修道院，是拉辛的老师之一。拉辛（1639—1699），法国著名悲剧诗人，詹森派人士。

第二十章

他第九次感到他的妻子前来找他，待在他的身边，那是在春天[1]。那是在1679年6月的大迫害[2]期间。他拿出葡萄酒和小蜂窝饼放在音乐桌上。他正在棚屋中演奏。他停下来问她：

"您都已经死了，怎么还有可能来到这里呢？我的小船在哪里？我见到您时流的眼泪在哪里？您难道不是一个梦中的幽灵？我是一个疯子吗？"

"请不要担心。您的小船很久以前就已经在河边腐烂了。另一个世界并不比您的船更密封。"

"我痛苦啊，夫人，苦于无法碰到您。"

"先生，除了轻柔的风，没有任何什么可以碰到。"

1　法国的春天是从春分到夏至，即从3月下旬到6月下旬。
2　指法国朝廷对教会中詹森派人士的迫害。

她慢慢地说着，就像死人那样。她又补充道：

"您以为成了轻柔的风，就没有了痛苦吗？有时候，这轻风把音乐的片段带到我们的耳畔。有时候，这光线把我们零碎的表象带到您的眼前。"

她又沉默无语了。她瞧着她丈夫的双手，它们搭在维奥尔琴的红木板上。

"您真不会说话！"她说，"您想做什么，我的朋友？演奏吧。"

"您这般沉默到底在看什么？"

"快演奏吧！我正看着您的手在维奥尔琴上渐渐衰老。"

他纹丝不动地待着。他瞧着他的妻子，然后，生平之中第一次，或者至少可以说是迄今为止的第一次，他瞧着他那消瘦的、蜡黄的手，确实，上面的皮肤早已是干巴巴的了。他把那两只手伸到眼前。它们打上了死亡的印记，他因此而感到幸福。那些衰老的标志让他觉得靠她更近了，或者说离她的状态更近了。他的心因他所感到的狂喜而猛跳起来，他的手指头微微地颤抖不已。

"我的手，"他说，"您说的是我的手！"

第二十一章

　　这时辰，太阳早已消失了踪影。天空中阴云密布，天色昏暗。空气都是湿漉漉的，预示着一场暴雨的来临。他走在比耶弗河边。他又见到了屋子和它的墙角塔，撞上了护着屋子的高墙。远处，时不时地，他隐约听到他老师的维奥尔琴声。他听了激动不已。他沿着墙走，一直来到河畔，紧挨着一棵树被河水泡得赤裸裸的树根，拐过了围墙，来到了属于圣科隆布家的河岸斜坡。那棵高大的柳树，现在只剩下了树干。小船也不再在那里了。他心中暗想："柳树折断了。小船漂走了。我曾爱过的姑娘们如今无疑成了母亲。我见识了她们的美。"他没有见到成群的鸡和鹅围在他的腿边打转转，玛德莱娜想必不再住在这里了。以前，一到晚上，她就会把那些鸡和鹅赶回棚窝里，夜里，人们可以听见它们叽叽喳喳地乱叫，扑扑腾腾地抖翅膀。

他溜到墙边的阴影中，追随着维奥尔琴的声音，靠近了他老师的棚屋，他把身子紧紧地裹在他的长雨衣中，把耳朵凑到壁板前。那是用琶音奏出的长段怨诉。它们很像是小库普兰[1]那段时间里在圣热尔韦教堂的管风琴上即兴演奏的乐曲。从窗户的缝隙中，透滤出一支蜡烛的微微灯火。随后，维奥尔琴停止了振响，他听见他在对什么人说话，尽管他没有听到回答声。

　　"我的手，"他说，"您说的是我的手！"

　　还有：

　　"您这般沉默到底在看什么？"

　　一个钟头之后，马雷先生离开了，他沿着来时走过的崎岖道路返回。

1　小库普兰当指弗朗索瓦·库普兰（1668—1733），法国音乐家，他是路易·库普兰（1626—1661）的侄子，夏尔·库普兰（1638—1679）的儿子，他们全都是作曲家、钢琴家、管风琴家，在巴黎的圣热尔韦教堂演奏。

第二十二章

　　1684年冬季，一棵柳树禁不起冰雪的重压而折断，河岸也因此而破损。从枝叶间露出的豁口中看过去，能看到森林中一个樵夫的房屋。德·圣科隆布先生十分在乎这一棵柳树带来的损失，因为它正好赶上他的女儿玛德莱娜发病。他来到他大女儿的病床前。他痛苦不堪，他寻找着话头，但他找不到什么话可对她说。他用他那苍老的双手抚摩着他女儿那瘦削的脸。一天晚上，在他前来探望的时候，她开口求她父亲，请他演奏一段马雷先生以前写的曲子，那是他在爱她的时候，为她谱写的《梦游女人》。他拒绝了，并十分恼怒地离开了房间。然而，德·圣科隆布先生，在此后不久，亲自去了西岱岛上，到帕尔杜先生的作坊中找了多娃萃特，并请她把玛德莱娜的病情通知马雷先生。由此可见，他忧伤到了什么程度。德·圣科隆布先生不仅在整整十个月时间里不说一句话，而且他再也没有碰过他的维奥尔琴：他的心中第一次生出了厌恶之情。吉袅特死了。他从来没有使唤过她，也没有碰过她那总是披散在肩背上的头发，尽管他对她垂涎已久。再也没有任何人为他准备他的土烟斗和他的酒壶。他对他的仆人们说，他们可以回阁楼里去睡觉了，或者去玩纸牌了。他更喜欢独自一人待着，守着一个蜡烛台，坐在桌子旁，或者伴着一个蜡烛盘，待在棚屋中。他不读书。他不打开他那红色摩洛哥羊皮的乐谱。他接待他的学生时都不拿正眼瞧他们，而是保持着纹丝不动的姿势，以至于必须告诉他们，用不着再劳他们的大驾前来学音乐了。

在那段时间里，马雷先生常常在傍晚时分来到这里，耳朵紧贴着木头的隔板，倾听着寂静。

第二十三章

　　一天下午，正当马雷先生在凡尔赛宫当差的时候，多娃荨特和吕克·帕尔杜前来找他：玛德莱娜·德·圣科隆布突然高烧发作，想必是感染了天花。他们担心她活不了了。一个卫兵前去通报了御前乐师，说是有一个叫多娃荨特的女人在砌石路上等他。

　　他慌里慌张地赶来，穿着绣满了花边的衣服，鞋后跟上饰有金色的和红色的螺旋形流苏。马兰·马雷一脸的阴沉。他扬了扬依然拿在手中的便条，一开始说他是不会去的。然后，他问玛德莱娜到底多大岁数了。她是先王驾崩的那年出生的。那么她今年应该是三十九岁，而多娃荨特则说，她姐姐根本就受不了当个老姑娘还活过四十岁这一想法。她丈夫，小帕尔杜先生，认为玛德莱娜的脑袋发昏了。她开始吃麸皮面包，到后来什么肉食都戒了。而现在，代替吉袅特做厨娘的那个女人，只好拿匙子一匙一匙地喂她吃。德·圣科隆布先生时时记着，要给她喂桃子酱，以维持她的生命。这是一个异想天开的怪念头，他说是从他妻子那里得来的。当多娃荅特念出了德·圣科隆布先生的名字时，马雷先生手搭凉棚放在了自己的眼睛上。

玛德莱娜吃什么吐什么。由于这些先生肯定地说，天花在为神圣和隐居招募吸收人员时，玛德莱娜·德·圣科隆布反驳说，神圣，是她父亲的事业，而隐居，则是比耶弗河畔的这一"伏尔纳"[1]，既然这一知识已扎根于心中，在她看来就没有必要更新它了。至于天花带来的毁容，她说她对此没有什么要抱怨的；她已经瘦得像一棵刺蓟了，而且跟它一样有趣：以前，甚至有一个男人离开了她，那只是因为，当她因痛苦而消瘦下来时，她的乳房长得跟榛子一般大小。她不再去领圣体，当然，从这一点中，我们并不一定要看出德·布雷先生或者朗斯洛先生的影响。但是，她始终十分虔诚。多年以来，她一直去小礼拜堂做祷告。她登上廊台，瞧着祭台以及围绕着祭坛的石板地，演奏起管风琴来。她说她把这音乐奉献给上帝。

马雷先生问及德·圣科隆布先生的健康状况。多娃荅特回答说他很好，但是他不愿意演奏那首叫《梦游女人》

1　"Vorne"，不详，但前文有"Vorde"（伏尔德）一词。

的曲子。半年之前，玛德莱娜还在花园里耕锄，播种下了花籽。从此之后，她虚弱得无法前去小礼拜堂。当她能够走几步而不至于摔倒时，晚上，她就坚持独自为她父亲上菜，这兴许出于受辱的想法，或者出于厌食的概念，她就站在他椅子的背后伺候着。帕尔杜先生还宣称，她曾对他的妻子说过，到了夜里，她还用蜡烛盘上的烛火烧自己赤裸的胳膊。玛德莱娜向多娃萘特展示了她上臂上的伤疤。她睡不着觉，但是在这一点上，她跟她父亲一样。她父亲看着她在月光下，在家畜棚附近走过来又走过去，或者膝盖一软跪倒在草地上。

第二十四章

多娃萘特终于说服了马兰·马雷。她在禀报了她父亲之后，便把他带了回来，这样，德·圣科隆布先生就不一定非见他一面不可。他走进去的那个房间散发着一种发了霉的丝绸的怪味。

"您满身都是灿烂耀眼的饰带，先生，色泽还那么细腻凝重。"玛德莱娜·德·圣科隆布说。

他什么话都没有说，他把一个凳子推到床前，在那上面坐了下来，但他发现凳子太矮。他更喜欢就那样站在一边，胳膊搭在床柱上，尽管那样很别扭，而且不是一般的别扭。她发现他那蓝缎子紧身长裤的上端实在绷得太紧：每当他身子一动，屁股的形状就在上面突现出来，肚子的皱褶甚至还有鼓鼓的阳物也在衣料底下原形毕露。她说：

"我感谢您专程从凡尔赛宫赶来这里。我希望您能演奏一下您早先为我创作的并已经印行的那段曲子。"

他说她指的一定就是《梦游女人》了。她瞪圆了眼睛直直地盯着他，说道：

"是的。您知道个中缘由。"

他沉默无语。他静静地点了点头，然后身子猛地转向了多娃萦特，请她去把玛德莱娜的维奥尔琴找来。

"您的腮帮子都凹陷下去了。您的眼眶也凹陷下去了。您的双手是那么的瘦！"当多娃萦特离开后，他这样说道，满脸惊恐的神情。

"从您这方面来说，这是一种很微妙的验证。"

"您的嗓音比以往任何时候都更低沉。"

"而您的嗓音却高扬了。"

"您难道没有丝毫的忧伤，这可能吗？您消瘦得太厉害了。"

"我看不出我有什么近忧。"

马兰·马雷把他的手从被子上挪开。他连连后退，一直退到背靠在了墙上，整个身子隐没在了窗户洞形成的阴影中。他低声说道：

"您怨恨我吗？"

"是的，马兰。"

"我以前的所作所为依然还在给您带来仇恨吗？"

"不光光是对您的恨，先生！我还孕育了对我自己的怨愤。我怨恨我自己就这样像一朵鲜花凋零，先是因为对您的回忆，后是因为纯粹的忧愁。我什么都不再是了，只是提托诺斯[1]的一把骨头！"

马兰·马雷先生笑了起来。他靠近了床。他对她说，他从来就没有发现她有过太胖的时候，他记得，以前，当他把他的双手放在她的大腿上时，他的手指头就能够卡住她的大腿整整一圈。

"您的精神真好，"她说，"这么说吧，我当时真的想成为您的妻子！"

德·圣科隆布小姐猛地掀掉了床上的被子。马雷先生急忙连连后退，慌忙中碰落了床边的帷幔。她撩起了她的衬衣要下床，他看见了她赤裸裸的大腿和阴部。她赤脚踩在方砖地上，发出一声轻轻的喊叫，一手扯住了衬衣，把它递给他看，将它交到他的手上，并对他说：

"你带给我的爱，并不比我衬衣上的这一片卷边更大。"

"你撒谎。"

---

1 提托诺斯是希腊神话中的人物，特洛伊王拉俄墨冬的儿子，黎明女神厄俄斯的丈夫。厄俄斯向宙斯为提托诺斯乞求永生，宙斯允诺他永生不死，但厄俄斯却忘记了为他同时求得永葆青春的不老之法，结果他日见衰老，而且永远呈现一种干巴巴的老年人形象，最后变成一只蚂蚱。

他们全都沉默不言了。她把她那瘦骨嶙峋的手放在马兰·马雷饰满了彩带的手腕上，对他说：

"快拉吧，我求你了。"

她试图再次爬上她的床去，但是它实在太高了。他帮了她一把，用手托着她瘦瘦的屁股。她轻得跟一个垫子一样。他从已返回房间的多娃萘特手中接过了维奥尔琴。多娃萘特留下他们俩在那里，前去找一条束带，好把落下的帷幔重新挂起。他开始演奏起《梦游女人》来，而她打断了他，嘱咐他拉得更慢一些。他又重新开始。她看着他拉奏，眼中燃烧着火热的光。她没有闭上它们。她贪婪地细细注视着他那正在演奏的身体。

第二十五章

　　她叹息一声。她把眼睛凑到窗玻璃跟前看。透过结在那里的气泡，她看到马兰·马雷正帮助她妹妹登上马车。他自己把他饰有金色和红色螺旋形流苏的鞋后跟踏在马车的踏阶上，猛地一冲，关上了镀金的车门。夜幕降临。她光着脚，在房间里四下寻找着，找来一个蜡烛盘，然后又在她的衣橱里瞎翻一气，手足并用地趴在地上，扒拉出来一只多少有些被烧焦的，或者至少变得干硬干硬的黄颜色旧皮鞋。她倚在隔墙上，靠着自己衣裙的布料，又重新站起身来，带着蜡烛台和鞋子返回她的床。她把它们放在床头边的桌子上。她喘息着，仿佛四口气中倒有三口气喘不过来。她还嘟嘟哝哝地说：

　　"他不愿意成为一个鞋匠。"

　　她重复着这句话。她把她的腰再一次搁靠在床垫子和床帮子上。她把放在蜡烛台旁边的黄皮鞋扣眼上的一大根皮鞋带揪了下来。用这皮鞋带，她精心地打了一个能滑动的活结。她又站起身，靠近了马兰·马雷曾搬过来坐在上面的那个凳子。她把凳子拖到最靠窗户的那根横梁底下，靠着床柱上帷幔的帮忙，爬上了凳子，成功地把皮带固定在了横梁上一枚又粗又大的钉子上，结结实实地绕了五六个圈，把她的脑袋伸进活结中，再一把扯紧。她费了好大劲才弄翻了凳子。她手舞足蹈地跺了好一阵子脚之后，它终于翻倒。当她的脚遇到了空无时，她发出了一声喊叫；一阵突然的抖动从她的膝盖上传出。

第二十六章

世间的每一个清晨都没有归路。岁月如梭，好几年过去了。每天起床时，德·圣科隆布先生总要先抚摩一下博然先生的那幅油画，然后穿上衬衣。他去打扫他的棚屋。这是一个年迈的老人。他还侍弄他的大女儿上吊之前种的那些花卉和草木。然后，他去点火，热牛奶。他拿出一个粗瓷做的深底盘，把他煮好的糊糊在盘子里碾烂。

自从那一天，马雷先生被德·圣科隆布先生撞见躲在他的棚屋底下，浑身淋得像只落汤鸡，他就没有再见过德·圣科隆布先生的面。马雷先生还保留着这样的记忆，德·圣科隆布先生知道一些他所不熟悉的乐曲，而他，他只知道它们是世界上最美的乐曲。有时候，他会半夜里醒来，回忆起玛德莱娜悄悄说给他听的那些秘密的名称：

《哭泣》《地狱》《埃涅阿斯[1]的幽灵》《卡隆的渡船》，他遗憾自己一辈子都没有听过这些曲子，哪怕连一次都没有听过。德·圣科隆布先生永远也不会发表他谱的曲子了，也不会发表他自己的老师们曾教过他的乐曲了。一想到德·圣科隆布先生去世之后，这些乐曲也将随之永远消失得毫无踪影，马雷先生心中便隐隐作痛。他不知道他今后的生活将会是什么样子，也不知道未来的时代会是什么样子。他真想趁着为时不晚认清它们的真面目。

他离开了凡尔赛宫。冒着风雨，冒着飞雪，他趁着黑夜摸去了比耶弗河。就像以往那样，他把马拴在了洗衣池边，在通往茹伊的大路边，生怕人们听到它的嘶鸣，随后他便沿着湿漉漉的小路走去，绕过河畔的围墙角，溜进了潮湿的棚屋的底下。

德·圣科隆布先生并不拉奏那些乐曲，或者说，至少他从来都不演奏马雷先生不熟悉的乐曲，说实在的，德·圣科隆布先生现在很少拉琴。他经常沉陷于久久的静默中，其间，有时候，他也会自言自语地说几句。整整三年中，几乎每一个夜晚，马雷先生都要去棚屋底下，他心

1　埃涅阿斯是希腊神话中的特洛伊英雄，特洛伊城被破时，他背着父亲冒着大火逃出，后来他乘船远征，曾去过冥府。

里暗想："那些乐曲，今天晚上他会不会演奏呢？今夜是不是最佳时机？"

第二十七章

最后，到了1689年，第二十三天的夜里，天气奇冷，大地一片霜冻冰封，寒风凛冽刺骨，扎得人的耳朵生痛，马雷先生骑着马溜溜达达地一直来到洗衣池那里。月光皎洁。没有一丝云彩。马雷先生不禁暗自叹气道："噢！今夜真是纯净，明月如盘，空气这么新鲜，碧空再也冰冷不过，再也永恒不过了。我听到胯下马儿的蹄铁打在地上的嗒嗒声。兴许就在今天晚上。"

他置身于寒彻的冷夜之中，把黑色的斗篷在身上又紧了紧。由于天气实在太冷了，他又添了一件翻毛的羊皮袄。然而，他的屁股还是冷得够呛。他的阳物都冻得缩成了小小的一团。

他偷偷地聆听。耳朵贴在冷冰冰的木板上，只感到疼得厉害。圣科隆布好像闹着玩似的奏响了维奥尔琴的空弦。他运弓拉出几个忧郁的音符。不时地，就像他常常会做的那样，他还开口说话。他做的任何事都没有什么连续性。他的游戏似乎有些漫不经心，有些衰老、苍凉。马雷先生把耳朵凑到木板条的缝隙中，想弄明白从德·圣科隆布先生嘴里不时地嘟哝出来的那些词的意义。他不明白。他只是接收到了一些被剥夺了意义的词，例如"桃子酱"或"小船"。德·圣科隆布先生演奏了夏科纳·杜布瓦的乐曲，他跟他的女儿们以前在音乐会中演奏过他的作品。马雷先生辨听出了基本主题。乐章完成，辉煌非凡。这时候，他听到了一声叹息，然后，德·圣科隆布先生声音极低地说出了这样一段怨诉：

"啊！我只是在对幽灵说话，它们变得实在太老了！它们连步子都挪不动了！啊！我实在不知道，除了我，这个世界上还有哪个活人真的懂什么是音乐！我们将推心置腹地谈一谈！我可以把它托付给他，然后我就能闭上眼睛去死了。"

这时候，马雷先生在棚屋外冻得瑟瑟发抖，他也不禁发出一声叹息。等到叹息再一次迸发出声时，他终于叩响了棚屋的门。

"是谁在那儿，在寂静的深夜中叹息？"

"一个从宫殿中逃离出来的人，他来寻找音乐。"

德·圣科隆布先生一下子就明白了来者到底是谁，

不禁心花怒放。他探身向前，用他的琴弓轻轻一推，便把大门推开了一条缝。一道微光透了进来，但比从圆圆的明月上落下的青晖还更微弱。马兰·马雷蹲在了门缝中。德·圣科隆布先生探身向前，对那张脸说：

"先生，您在音乐中寻找什么？"

"我寻找遗恨和悲痛。"

这时候，他把棚屋的门彻底推开，并颤巍巍地站起身来。他恭恭敬敬地向走进来的马雷先生作揖致礼。他们一开始沉默无语。德·圣科隆布先生坐在他的凳子上，对马雷先生说：

"请坐！"

马雷先生坐了下来，身上一直还披着他的那件翻毛羊皮袄。他们在那里略显尴尬，一个劲地晃着胳膊。

"先生，我是不是可以向您讨教最后的一课？"马雷先生问道，他突然活跃了起来。

"先生，我是不是可以尝试着上第一课？"德·圣科隆布先生反问道，嗓音十分低沉。

马雷先生点了点头。德·圣科隆布先生咳了一声，说他有话要说。他一阵一阵地说着话。

"这是很难的，先生。音乐很简单地就在那里，它能说出话语所无法说出的东西。从这一意义上说，它就不完全属于凡人的范畴。这么说来，您已经发现它不是为国王而存在的了？"

"我发现它是为上帝的。"

"您弄错了，因为上帝也说话。"

"为耳朵吗？"

"我说不出来的东西不是为耳朵的，先生。"

"为黄金吗？"

"不，黄金在听觉方面根本就一无是处。"

"荣耀吗？"

"不。那只是一些被人赞扬的名字。"

"寂静吗？"

"它只是话语的相反。"

"作为对手的音乐家吗？"

"不！"

"爱情吗？"

"不。"

"爱的遗憾吗？"

"不。"

"从容吗？"

"不，不。"

"难道是为了一块根本就看不见的小蜂窝饼吗？"

"也不是。一块小蜂窝饼又是什么？它看得见。它有味道。它能吃。它一无是处。"

"我不知道，先生。我认为应该给死人留一杯喝的……"

"因此您干渴得要命。"

"一个小小的饮水池，为了那些被话语所抛弃的人。为了孩子们的幽灵。为了鞋匠们锤子的敲打。为了童年之前的状态。当人们没有了气息时。当人们没有了光明时。"

过了好一会儿，在音乐家那么衰老、那么坚毅的脸上，闪现出了一丝笑靥。他把马兰·马雷那胖嘟嘟的手握在他自己干瘦无肉的手中。

"先生，刚才，您听到我叹息了。不久之后我就将死去，而我的艺术也将随我一起灭亡。只有我的那些母鸡和那些肥鹅会怀念我。我要给您留下一两首能把死人唤醒的咏叹调。我们一起来吧！"

他试图站起身来，但是中止在了运动的半途。

"首先，我们应该去把我死去的女儿玛德莱娜的维奥尔琴找来。我要让您听一听《哭泣》和《卡隆的渡船》。我要让您完整地听一遍《哀悼曲》。在我的那些学生中，我还没有找到一对耳朵能听明白它们。您来为我伴奏吧。"

马兰·马雷揽住了他的胳膊。他们走下了棚屋的台阶，朝着大屋走去。德·圣科隆布先生把玛德莱娜的维奥尔琴交给了马雷先生。它上面已经蒙了一层灰尘。他们用他们的衣袖把尘埃擦掉。然后，德·圣科隆布先生在一个锡制的碟子上盛了好几块卷边的小蜂窝饼。他们俩又带着装着酒的长颈大肚瓶、维奥尔琴、酒杯和碟子，一起回到了棚屋中。马雷先生脱掉了他的黑斗篷以及他的翻毛羊皮袄，把它们扔在地上，与此同时，德·圣科隆布先生清理出场地，在棚屋的中央，靠近能看见透进一轮明月的老虎窗的地方，放下了写字的桌子。他把他的手指头伸到嘴唇上，沾了沾唾沫，然后用这根湿漉漉的手指头，擦了擦从酒瓶里滴落的两滴红色的葡萄酒，裹着干草缠的瓶子就放在碟子的旁边。德·圣科隆布先生翻开了摩洛哥山羊皮的乐谱，而马雷先生则把蜡烛举到这本音乐书的跟前。他们瞧了一会儿，又合上了乐谱，坐了下来，调准了乐器的音。德·圣科隆布先生数起了节拍，他们的手指头搭到了乐器上。他们就这样演奏起了《哭泣》。当两把维奥尔琴的曲调变得高扬激越之时，他们四目相对而视。他们哭泣了。从老虎窗洞里照进棚屋中的月光变得发黄。当他们的眼泪慢慢地落到他们的鼻子上，落到他们的脸颊上，落到他们的嘴唇上时，他们同时向对方送出一丝微笑。直到东方的天空透出黎明的曙光时，马雷先生才动身返回凡尔赛宫。

译后记

还记得，1997年我出国去巴黎短访，就开始注意这位帕斯卡·基尼亚尔的动态了。我在巴黎的图书馆查到有关他的材料，知道他是一个十分博学的作家，写过一些历史题材的小说，但更多的作品属于随笔或论著的体裁，便很想在《世界文学》杂志上介绍一下他的作品。记得当时还买了他的一本小说《世间的每一个清晨》。但回国后忙于杂事，就把介绍帕斯卡·基尼亚尔的工作耽搁下来了。

2000年访问法国期间，去看了根据他的同名小说改编的电影《世间的每一个清晨》，由著名男影星钱拉·德帕迪厄扮演主要角色的《世间的每一个清晨》给我的印象非常深刻，令我十分感叹，法国人竟能根据一部简单的小说，拍摄出画面那么漂亮、音乐如此美妙的一部电影来。尽管我知道，这样的电影根本就没有什么太大的票房价值，但是，作为艺术电影或曰探索电影，它无疑会在电影史上留下它的名字。

当漓江出版社的金龙格先生约我翻译帕斯卡·基尼亚尔的两部作品，我马上就痛快地答应下来了，原因之一是基尼亚尔的《世间的每一个清晨》早就在我注意范围内了，小说早就读过，电影早就看过，只差把它翻译过来，以飨中国读者了。另一部《罗马阳台》虽然没有读过，但在几年前，却是听说过反映的，还记得它获得了法兰西学士院的小说大奖，法国的书评界也是好评如潮。

小说很短，几个星期便译完了。想来想去，觉得还有话要说，不仅想说说这位在当今的法国文坛上风格独特的作家帕斯卡·基尼亚尔，还想说说他的这两部小说《世间的每一个清晨》和《罗马阳台》的一些特点。

一、帕斯卡·基尼亚尔

帕斯卡·基尼亚尔这个名字对中国的读者来说目前尚是陌生的，但他在法国的文坛上却是赫赫有名，随便翻开一本二十世纪法国文学词典或二十世纪法国文学史，就可以读到有关他的条目。

根据手头的词典和有关材料，我特地整理出一份帕斯卡·基尼亚尔年表如下：

1948年：帕斯卡·基尼亚尔（Pascal Quignard）4月23日生于厄尔省阿弗尔河畔的韦尔纳伊（Verneuil-sur-Avre）的一个有语法学研究和管风琴演奏传统的家庭。父亲是公立男子中学的校长，母亲是私立中学的校长。

1949年：从小在勒阿弗尔市长大。一岁半的时候，他进入了某个"孤僻"阶段。他童年中的绝大部分时间都陷于口头表达的困难之中。他还患有厌食症。但是，他很小的时候，就对语言、古代文学和音乐产生了浓厚的兴趣。在乐器方面，他曾学过演奏钢琴、管风琴、大提琴、小提琴和中提琴。

1966—1968年：他在楠泰尔大学（巴黎第十大学）学习哲学，跟科恩-本迪（Cohn-Bendit）是同学。教他的教授中有著名的哲学家艾玛努埃尔·列维纳斯（Emmanuel Levinas）和保罗·利科（Paul Ricœur）。但是，在1968年5月的红色风暴中，他认为人们的思想"披上了一件并不合适的制服"，从此放弃了哲学研究。正是在这一背景中，他写作了他的第一本书《口吃的存在者》（*L'être du balbutiement*）。

1969年：法兰西信使出版社出版了他的第一部作品《口

吃的存在者》，这是有关萨歇·玛索什（Sacher Masoch）的随笔。

1971年：发表《利科夫龙，亚历山德拉》（*Lycophron, Alexandra*），论及这位公元前三世纪时的希腊悲剧诗人，以及他的长诗《亚历山德拉》。

1974年：发表随笔《délie的话语》（*La Parole de la délie*），论及法国十六世纪诗人、学者莫里斯·塞弗（Maurice Scève）。塞弗曾有诗歌《délie，美德的最高对象》，用"L'idée"（概念）一词的字母改变位置后构成另一个词"délie"来指诗歌中的意象。

1975年：发表论著《米歇尔·德基》（*Michel Deguy*）论及这位法国当代著名诗人。

1976年：成为伽利玛出版社的审读委员会的委员。发表随笔《血》（*Sang*）和故事《阅读者》（*Le Lecteur*）。

1977年：发表《海姆斯》（*Hiems*）和《撒尔克斯》（*Sarx*）。

1978年：发表《大地、恐惧和土壤的字词》（*Les Mots de la Terre, de la Peur et du Sol*）。

1979年：发表《关于大地的缺陷》（*Sur le défaut de terre*）。

1980年：他的小说《卡卢斯》（*Carus*）获得了批评

奖。发表故事《领地的秘密》（*Le secret du domaine*）。

1984年：发表小说《阿普罗内尼亚·阿维蒂亚的黄杨木板》（*Les tablettes de buis d'Apronenia Avitia*），但结构形式为一个个片断。

1985年：发表随笔《寂静的祝愿》（*Le voeu de silence*），论及法国当代作家路易·勒内·德·弗莱（Louis René des Forêts）。

1986年：发表随笔《片断的一个技术难点》（*Une gêne technique à l'égard des fragments*）、故事《艾特鲁德和沃尔夫曼》（*Ethelrude et Wolfframm*）、小说《符腾堡的沙龙》（*Le Salon de Wurtemberg*）。

1987年：发表《音乐课》（*Leçon de musique*）。

1988年：成为伽利玛出版社的发展部秘书长。

1989年：发表小说《尚博尔城堡的楼梯》（*les Escaliersde Chambord*）。

1981—1990年：《小论文》（*Petits traités*）的八卷出版，标志着他对博学思辩片段的兴趣。

1990年：发表《阿尔布修斯》（*Albucius*）、《公孙龙，关于指着这一切的手指头》（*Kong-Souen Long, sur le doigt qui montre cela*）、《理性》（*La Raison*）三部作品。

1991年：发表小说《世间的每一个清晨》（*Tous les matins du monde*）。小说后来被改编成电影，由阿兰·科尔诺（Alain Corneau）导演。同年，他还出版了论法国十七世纪画家拉图尔的论著：《乔治·德·拉图尔》（*Georges de La Tour*）。

1992年：发表小说《边境》（*La Frontière*）。

1993年：发表随笔《舌尖上的名字》（*Le nom sur le bout de la langue*）。

1990—1994年：他担任了凡尔赛城堡国际巴洛克歌剧与戏剧节的主席。这一戏剧节是他在弗朗索瓦·密特朗总统的支持下创办的。他还在1990—1993年担任了若尔迪－撒瓦尔（Jordi Savall）国际音乐会的主席。

1994年：他放弃了任何其他活动，专事写作。这一年中，他出版了随笔《性与惊恐》（*Le sex et l'effroi*），还发表了三部小说：《美国占领》（*L'occupation américaine*）、《七十》（*La septante*）和《夫妻之爱》（*L'amour conjugal*）。

1995年：《美国占领》由阿兰·科尔诺改编为电影。发表《思辩修辞学》（*Rhétorique spéculative*）。

1996年：发表《音乐之恨》（*La Haine de la musique*）。

1997年：因急病住院，感觉"快要死了"，于是放弃了正在写作的一部小说和一部论文，转而写《秘密生活》（*Vie secrète*）。

1999年：《秘密生活》出版。

2000年：他的小说《罗马阳台》（*Terrasse à Rome*）出版后获得法兰西学士院的小说大奖。主人公版画家莫姆的形象赢得了千万读者的喜爱，莫姆在版画方面的形象就相当于另一部小说《世间的每一个清晨》中圣科隆布在维奥尔琴演奏方面的形象。

2002年：发表了总题为《最后的王国》（*Dernier royaume*）的三部曲。其中的第一部《游荡的幽灵》（*Les ombres errantes*）于10月28日以6票对2票和2票，战胜了奥利维埃·罗林的《纸老虎》和钱拉·德·科尔堂兹的《阿萨姆》，获得了龚古尔奖。三部曲的另两部是《在往昔之上》（*Sur le jadis*）和《深渊》（*Abîme*）。[1]

1　趁《罗马阳台》和《世间的每一个清晨》的中译本再版之际，我从网络上查阅了作者的最新资料，并在此做一番增补：

《最后的王国》的写作始终在继续进行。继《游荡的幽灵》《在往昔之上》《深渊》之后，他又写了一些，构成《最后的王国》的第四卷到第九卷:《天国之人》（*Les Paradisiaques*, 2005）、《污秽至极》（*Sordidissimes*, 2005）、《寂静之舟》（*La Barque silencieuse*, 2009）、《落马者》（*Les Désarçonnés*, 2012）、《秘密生活》（写于1997年，修订于1999年）、《百思不得》（*Mourir de penser*, 2014）。

另外，他创作的长篇小说有:《安魂曲》（*Requiem*, 2006）、《阿玛莉亚别墅》（*Villa Amalia*, 2006）、《神秘的团结》（*Les Solidarités mystérieuses*, 2011）、《眼泪》（*Les Larmes*, 2016）、《在人们喜爱的花园中》（*Dans ce jardin qu'on aimait*, 2017）。其中《眼泪》获2017年纪德文学奖。他还著有短篇小说集《小库比同》（*Le Petit Cupidon*, 2006），以及故事集、文学艺术论著若干。

二、《世间的每一个清晨》和《罗马阳台》的题材

《世间的每一个清晨》的主人公德·圣科隆布先生是一个音乐家，一辈子待在安谧、宁静、略略偏僻的比耶弗河畔的乡间，不愿意进国王的凡尔赛宫曲意逢迎达官贵人。他的两个女儿玛德莱娜和多娃苿特，在他多年的培养下，在乡村大自然的熏陶下，也都成了闻名遐迩的维奥尔琴演奏家。

《罗马阳台》的主人公版画家莫姆是一个只爱艺术、毕生献身于黑白颜色的艺术家。他自己就这样说："我是一个受到种种形象攻击的人。我制造一些从黑夜中脱出的形象。我献身于一种古老的爱，其血肉并不消散在现实中，但它的视象却再也不可能看到，因为能派作用场的只能是一个更为漂亮的样板。"他一生的流浪，只是为了更近地接近于那个真理，黑白之美的真理，为此他辗转整个欧洲：布鲁日、马延斯、拉韦洛、罗马、比利牛斯山、大西洋、诺曼底、巴黎、伦敦，再回罗马，最后死在乌得勒支。

这两部小说有一定的相同之处：其一，都是历史小说；其二，故事背景都在十七世纪的欧洲；其三，都以艺术家为主人公。总之，这是两本讲智慧、爱情、艺术、人

生、幸福、职业、真理的小说，很薄，很短，但内容很厚重。

在《世间的每一个清晨》中，两个音乐家主人公，圣科隆布和马兰·马雷既是对手，又是知音。他们对人生观、生活方式、艺术、音乐的认识不同，这造成了两人之间的长年的矛盾和怨恨，但基于两个人对音乐孜孜不倦的共同追求，他们又能殊途同归。在长年不懈地探索音乐的真谛之后，他们终于捐弃前嫌，走到了一起。

而在《罗马阳台》中，主人公莫姆曾在爱情生活中遭受重大挫折，被情敌用硝镪水毁了容，从此不敢公开见人。但是，莫姆对版画艺术的追求始终雄心勃勃，甚至连他心中尚存的一丝爱情之火也融汇到了艺术探索的激情之火中。

音乐家圣科隆布也好，版画家莫姆也好，都是艺术上的探索者和改革者。他们首先关心的，是艺术上的革新，但这种革新以继承传统和融会贯通为基础。我们看到，在《罗马阳台》中，莫姆先后师从过多人："师从维拉莫那学画肖像，师从卡拉齐学画人物的身姿，师从克洛德·热莱学画风景""我曾当学徒，在巴黎的福兰家。在图卢兹城里人称宗教改革派分子的吕伊家。在布鲁日的海姆克斯家"。但是，正如俗话所说，"师傅领进门，修行靠个人"。任何的技艺修养，炼到后来，功夫往往在技术之外，重要的是师法自然。画家绘画是这样，音乐家琢磨音乐也是这样。在《世间的每一个清晨》中，老人圣科隆布善于从风声、脚步声、演员夸张的朗读声、脚踩雪地的吱吱声、画家运笔作画的沙沙声、热尿溅在积雪上的声音以及雪晶体逐渐融化的声音中，使徒弟马兰·马雷真正地学到什么是"装饰音的分弓"，什么是"半音递降"等。经院派理论中最深奥的东西，原来是可以在大自然中用心地捕捉到的。

两部作品还有另一个共同特点，那便是现实与梦幻、理想的巧妙结合。

在《世间的每一个清晨》中，男主人公德·圣科隆布先生对亡妻的追思，化为了一种莫名的精气，竟能使死去多年的人回到活人的世界中来，使美妙的梦境几乎变成了活生生的现实。而在《罗马阳台》中，八次心醉神迷似真亦幻，以假乱真，叫人无法辨其真伪（而且恐怕也没有必要辨出其真伪）。这应该是艺术最高境界：虚无飘渺地存在于真与假之间，虚与实之间，非明非暗，非黑非白。但是，把握其间的度，又是何等微妙之事，谈何容易。

于是，主人公最美好的情感，都体现在了这些至精至妙的艺术作品中。在《世间的每一个清晨》中，那是美若仙乐的乐曲《卡隆的渡船》《梦游女人》《哭泣》；而在《罗马阳台》中，则是那些令人心醉神迷的版画作品。

三、《世间的每一个清晨》和《罗马阳台》的写作风格

　　阅读《世间的每一个清晨》和《罗马阳台》首先让读者感到了一种阅读的快乐，而这种阅读快乐，无疑来源于作者写作的快乐。帕斯卡·基尼亚尔的文笔是独特的。在小说情节结构和细节设置上，他以历史故事为结构的框架，来虚构小说中的主要人物和主要情节，同时又用历史和纪实的细节来吻合虚构的故事。在语言上，他力求让文字简洁明了，句子简短，对话简单，语法规范，选词普通。作者极少选用多音节的音调饱满的大词和艳词，而多采用词形浓缩、简练，词意圆润、多义的词，使人阅读时有一种充盈在明亮和安静之中的感觉。在章节安排上，他不受编年时序的限制，而在时间、时态中自由地来回跳跃，他也不受虚构故事和离题议论的限制，而是纵横恣意，洋洋洒洒，自由驰骋，让人在简单的文字和轻松的阅读中，感受一种想象力的自由挥发。

这种写作风格，恐怕只能意会，而不太好一二三四ABCD地归纳总结。

读者应该记得，在《罗马阳台》中，作者对版画创作历史上的黑版法做了详细的介绍。我们不妨把十七世纪时路德维希·冯·西根（法国人和这篇小说中则称之为"路易·德·西根"）创造和改进的黑版法版画技术，跟作者帕斯卡·基尼亚尔在小说创作中的语言探索做一个比较。可以说，帕斯卡·基尼亚尔的小说写作本身，就是那些艺术家（包括发明黑版法的实有其人的西根）多少个世纪来对艺术精益求精的缩影。帕斯卡·基尼亚尔之于小说艺术的探索，就相当于他自己笔下虚构人物莫姆之于版画技术的毕生探索，就相当于他笔下另一虚构人物圣科隆布以生命的激情来完善维奥尔琴演奏风格的壮举。

再回头，联系版画来泛谈艺术。在巴洛克艺术的时代，有两种彼此相对立的创造发明法：一种是空白法，属于浪漫的概念，希望像上帝创世那样，从"无"中生"有"，在一张白纸上描绘一切可能的图画；一种是广义上的黑版法，认为一切都包含在混沌的往昔中，艺术家面对着的铜版，已经被历史传统刻画得满是一道道的了，艺术家则要设想让白色和种种的中间色一点点地从黑色中显现出来。帕斯卡·基尼亚尔的写作多少有些像是黑版法。

一切似乎早就在小说之中，只等待读者在阅读时和作者一起，慢慢地从中扒拉，你能扒拉出多少，就是多少。

四、《最后的王国》三部曲

帕斯卡·基尼亚尔最新的作品是《最后的王国》三部曲（2002）。它的三部分别为《游荡的幽灵》、《在往昔之上》和《深渊》，都是在同一年中出版的，它们互相独立，又互相呼应，其体裁很难界定，有虚构的故事，有随想和杂感，有警句格言，有形象的素描，可以说是多文体的一种混杂，冠以小说之名也算是当今时髦和通常的办法。它的每一章节的长短也相差很大，从形式来看，颇有些类似当年蒙田的《随笔集》，但各章节之前没有编号，令人还想到德国哲学家尼采和比利时小说家让-菲利普·图森的某些作品。

从作品的主题来看，它们涉及的依然是作者在以前的小说中探讨过的话题：时间、空间、政治、宗教（尤其是隐修院的修士和宗教战争）、历史年代（尤其是十六世纪以及作为对照的当代、罗马帝国末期）中的大事件、自然、理性、性、恐惧、高雅、卑劣，几乎无所不包，而且包含有传记的成分（从这个意义上联想一下，《世间的每一个清晨》和《罗马阳台》难道不就是两位艺术家德·圣科隆布和莫姆的传记吗？）。

接受采访说到《最后的王国》时，帕斯卡·基尼亚尔声称："它既不是哲理论证，也不是博学的零星小随笔，也不是小说叙述，写着写着，所有的体裁渐渐地都掉到了我的作品之中。"有记者曾问基尼亚尔，他是不是计划把《最后的王国》一直写下去，最后包罗万象地写上几十卷，作者表示这完全可能，"十卷，十五卷，二十卷，我还不知道"，"这个最后的王国就是为渡过大洪水的一个小小的挪亚方舟，一个小小的仓库，里头可以塞进去无神论、思想的混乱、性的焦虑、存在理由的缺乏、时间趋向的缺乏、艺术功用的缺乏、秘密、不可预见的自然、美……"但是《最后的王国》"不可能包括一切"，"不是百科全书"，"有一点是明确的，就是我将死在这《最后的王国》中"。谈到这部作品的体裁，作者说"我的梦想是让《随笔集》进入到《一千零一夜》中"。这又一次印证了我在翻译《世间的每一个清晨》和《罗马阳台》时的想法：帕斯卡·基尼亚尔的小说是一种"反"小说，或者说是一种"新"小说，试图在题材上包容一切，而在体裁上又让一切从结构中显露出来。

五、孤独者

帕斯卡·基尼亚尔的生活是孤独的。一岁半的时候，他进入了某个"孤僻"阶段，后来又有口吃的语言障碍。十六岁时又经历了一个比较严重的孤僻阶段。

有一点值得注意：这种孤独，无论在他自己的生活中，还是反映在他的作品中，都与"寂静"紧密相关。他曾经这样说到自己童年起就一直有的"孤僻症"："这种沉默寡言毫无疑问促成了我走向写作，促成我走向这样的一种和解：在寂静中进入语言。"他写的许多论文和随笔都与孤独（以及跟孤独相联系的寂静）有关，这从他一些作品的题目中就可看出，如《口吃的存在者》《寂静的祝愿》《留在嘴边的名称》《秘密生活》等。又如，在1994年，他毅然决定放弃在出版社的一切职位。他宣称："我的自由和孤独使我更为幸福。"

还有一点值得注意：这种孤独，无论在他自己的生活中，还是反映在他的作品中，都与一种色彩——"黑暗"——紧密相关，请看他在自己的作品《阅读者》中，为自己描述的一幅自画像："一次黑暗的诞生，被一种黑暗的语言所困惑，其死亡，是不是也是黑暗的呢？"而在《罗马阳台》中，作者谈到黑版法时，曾是这样说的："通过黑版法的凹印，纸页上的任何形状似乎都出自黑影，就像一个婴儿出自母亲的产道。"万物都出自黑暗和孤独。

在我们可以读到的中译本《世间的每一个清晨》和《罗马阳台》中，这种孤独和寂静到处可见。

在《世间的每一个清晨》中，主人公居住的地方，大桑树枝叶丛中的棚屋，是与人类社会的隔绝，却是与大自然的拥抱。在《罗马阳台》中，莫姆在阿文蒂诺山边三层楼上带披檐的阳台，那是"结庐在人境，而无车马喧"的意境，因为"心远地自偏"，所以，他能像陶渊明"悠然见南山"那样，在罗马的黄昏中，感受到"夕阳的金黄色光芒"，"自由自在的幸福"，"生活于葡萄酒与美梦之间的幸福"。而莫姆在萨莱诺海湾上的住所，则是俯瞰着大海波浪的悬崖小村。就连莫姆生命中的最后一个梦，也是黑暗和孤独的："做梦的人瞧着卢浮宫那布满阴影的正面宫墙，奈尔高塔，桥，黑乎乎的水。万物都在沉睡中。"

帕斯卡·基尼亚尔的艺术，可能也正是在这样的一种"孤独"与"寂静"中，达到了一个极高的境界。

但愿，孤独者帕斯卡·基尼亚尔在他今后的创作中，在他自由驰骋的孤独世界和寂静王国中，辛勤耕耘，创作出更多的好作品来。

余中先
写于2004年2月
再版时2018年6月稍作改动
并增加生平大事部分的文字